KB093446

마고 麻姑

-미군정기 윤박 교수 살해 사건에 얽힌 세 명의 여성 용의자

한정현

마고麻姑

─미군정기 윤박 교수 살해 사건에 얽힌 세 명의 여성 용의자

한정현

소설

PIN

041

H

차례

마고麻姑
-미군정기 윤박 교수 살해 사건에 얽힌 세 명의 여성 용의자

한정현

프롤로그. 낮달이 떠오르는 시간

"그 여인을 그냥 두세요. 여자를 제발 내버려두세요."

아까부터 실내는 고성이 오가는 중이었다. 정확히는 한쪽이 일방적으로 소리를 질렀다는 게 맞을 것이다. 어디 집안 살림을 하는 부녀자가 나랏일에 관심을 가지려 하냐는 그 옥박은 이제 거의 협박이 되어가고 있었다. 사내의 고성에 꼼짝없이 머리를 숙이고 있는 여인은 쪽머리에 다소 투박한 은색 비녀를 하고 있었지만, 그것은 흠집 하나 없이 잘 닦인 것이었다. 이 자리에 나오기 위해 이 부인은 마음을 쓴 것이다. 1948년 5월 10일. 조선 해방 후 첫 선거였다. 경험마저도 불평등한 조선에서의 선거는 이 부인에게 최초의 공평한 설렘이리라. 물론 이 부인과 같은 공간에서 나라의 대표를 뽑아야 하는 것이 편치 않은 이들에겐 그다지 기분 좋은 설렘은 아니었다. 그리고 또 다른 한편에, 그런 심기 불편한 자들과 함께 선거를 치러야 하는 게 불쾌한 사람이 그곳에 있었다.

"선거는 모두에게 공평한 것입니다. 이 부인의 권리입니다."

사람들의 시선이 일제히 그쪽으로 쏠렸다. 부인에게 고성을 지르던 사내는 종로에서 정치권과 결탁하여 노동자들에게 주먹을 쓰고 다니는 우익 청년단이나 조직범죄자들과 비슷한 부류처럼 보였다. 그런 사내에게 대항하는 사람은 대체 누굴까. 왕진 가방에 다림질 자국이 선명한 감색 바지, 소매를 반쯤 접어 올린 흰색 셔츠와 무늬 없이 잘 닦인 굽 낮은 신발. 아아, 어느 집 선생이신가. 사람들의 시선이 점점 그에게 향한다. 안경 너머 깊고 선명한 눈, 그리고…… 귀 옆으로 떨어지는 단발, 머리? 하지만 조선 남성에게 단발령이 내린 지가 언제인데. 거기까지였다. 사람들은 신음 같은 탄식을 내었다. 어둠 속에서 선명하게 보이는 그 얼굴은…… 분명 여인의 모습이었다.

아까부터 저고리 고름으로 연신 눈물을 찍어 내던 부인이 얼른 단발 여인 뒤로 몸을 숨기자 한 사내가 둘을 번갈아 보며 어깨가 들썩일 정도로 비웃음을 친다.

"뭐야, 사내가 아니라 여인이었어? 너도 나랏일에 간섭하러 왔어? 딱 보니까 밖에서 뒹구느라 시집도 못 간 형편 같은데……."

"무례한 말씀 더 하시면 미군정 경무국에 선거 방해로 신고하겠습니다."

미군정이라는 말에 사내는 무언가에 찔린 듯 움찔거렸다. 해방 후 벌써 3년이 흘렀다. 그동안 미군정은 남조선에 자신들의 통치 권한을 늘리려 애쓰고 있었다. 선거 6일 전, 조선 주둔 미 사령관의 이름으로 공개된 입장문에서 그들은 김구와 김규식이 참여한 남북회담을 공산주의 회담으로 규정 짓고 있었다. 표면적으로 따지자면 기실 그 몇이 참여한 회담이 최선이라고 할 수는 없는바, 확실히 선거의 의도 자체는 나쁘지 않았다. 그러나 자신들과 뜻이 다른 남조선 내 단체를 인정하지 않고 경찰력과 우익단체를 동원해 무력 진압을 서슴지 않던 것이 또 미군정이었다. 왜색을 빼낸 자리에 혹 미색이 도금되고 있는 건 아니었을까.

미친년들 아니야? 이게 진짜! 사내가 단발 여인을 향해 손을 들어 올렸을 때였다. 누군가 신고를 넣었는지 지프차에서 미군 몇이 내려 건물 안으로 들어오고 있었다. 미군정에게 이번 선거는 남조선에 친미 정권을 세울 수 있는 기회였다. 하여 선거를 방해하는 자들은 연일 신고되어 끌려가는 중이었다. 미군을 보자마자 사내는 바닥에 침을 한번 뱉더니 뒷문으로 도망치듯 빠져나갔다. 그제야 단발 여인은 깊게 숨을 한번 내쉬며 이미 주저앉아 버린 부인의 곁에 쪼그리고 앉았다. 가만 보니 부인이 글자에 서툴러 주춤댄 것을 두고 사내는 제 앞길을 막았다며 시비를 건 모양이었다. 그러나, 조선 여성의 문맹률은 90퍼센트에 달하고 있지 않은가.

"제가 좀 도와드릴게요. 글자, 읽어드릴까요?"

단발 여인 옆으로 부인뿐 아니라 용지를 받아 들고 우물쭈물하던 노인이며 여인 들이 하나둘 모여들었다. 그렇게 투표를 마친 사람들은 단발 여인에게 답례하겠다며 채소를 두고 가거나 쌀을 건네기도 했다. 물가가 천정부지로 치솟은 미군 정 치하의 서울에서는 쉬운 일은 아니었다. 손에 들고 있던 부채까지 두고 간 할아버지도 있었다. 날은 덥고 서울의 거리는 청소가 잘 이뤄지지 않 아 악취가 올라오는 중이었다. 냄새라도 쫓으라 는 거였다. 아무리 괜찮다며 손을 내저어도 소용 없는 기꺼운 호의였다. 가방에 받은 물건들을 정 리해 넣으며 단발 여인은 주머니에서 회중시계를 꺼내 덮개를 열었다. 평소보다 조금 더 부지런히 움직여야 늦어진 출근 시간을 양해받을 수 있을 것이다. 여인은 시계를 닫으며 뒷면에 새겨진 이 름을 한번 훑듯이 닦았다. 연가희, 연가성. 그래, 아직 안 늦었다. 광교로 가서 전차를 타려면 좀 뛰 어야겠지만. 가성은 그렇게 중얼거리며 걸음을 빨리했다.

"저, 혹시, 일본인이세요?"

서울역을 출발해서 아래로는 노량진, 위로는 동대문까지 가는 전차에는 항상 사람이 많았다. 해방 후 서울 인구는 급격히 증가했다. 귀국 사업도 있었지만, 국력 증강을 목표로 인구가 늘어나길 바라는 이승만이나 김구 같은 남조선 정치인들의 영향도 컸다. 건강한 남아를 출산하기, 그것에서만은 좌도 우도 없었다. 그 노력에 부담이 가중되는 것은 여성이었다. 일제가 만든 낙태죄는 어째 더욱 엄격해졌다. 문제는 늘어나는 인구를 수용할 만한 시설이 서울에 없다는 거였다. 미군정은 서울 사람들의 생활환경보다는 미군을 위한 시설 마련에 고심하고 있었다. 더 이상 사람을 태울 수 없을 만큼 가득 찬 전차에서 가성이 공중에 뜨는 느낌을 받다가 튕기듯이 내린 직후였을 것이다. 가성은 누군가 자신을 부르는 소리에 뒤를 돌았다.

"저기, 저기요. Um…… Do you speak English? Sorry, I don't speak Japan language very well."

가성은 전차에 타면서 혹시 안경을 잃어버릴까 봐 가방에 넣어둔 참이었다. 흐릿한 시야였지만 별다른 표정 변화 없이 가성은 자신에게 말을 거는 미군을 그저 유심히 살폈다.

"아, 조선인? 그게, 놀라지 마세요. 저는 이든이라고 합니다. 이걸 떨어뜨리셔서요."

이든이 말을 마치기 전 가성은 전단을 받아 챙겼다. 막상 그건 5월 10일, 가성이 막 치르고 온 바로 그 선거를 독려하는 전단지였다. 이 미군은 조선어를 잘 못하는군. 조선어에 서툰 미군에게는 모든 조선인이 열심히 읽고 있는 그 종이가 매우 중요한 물건처럼 보였을 것이다. 재밌다면 재밌는 사실이랄까, 이걸 비행기로 뿌린 건 미군이었다. 미군은 하늘을 다 덮는 전투기를 서울 상공에 자주 띄워 올렸다. 1945년 9월 9일. 조선 총독 아베와 재조선 미군 사령관 하지 앞에서 연합군 대표 맥아더가 일본의 항복문서를 작성하던 그때에도 그랬다. 미군이 그와 동시에 진행한 일은 전투기로 서울 상공을 메우는 일이었다. 가뜩이나 전쟁 공포감이 높았던 조선인들은 미군 전투기의 위엄 앞에 모두 숨을 죽여야 했었다. 가성은 전단지를 가방에 넣으면서 회중시계를 꺼냈다. 가성은 고맙다는 말을 잊지 않았다. 그러나, 그 순간 이든은 가성의 말보다 그가 들고 있던 회중시계에 새겨진 조각에 시선을 빼앗겼다. 세 개의 달이 포개지듯 겹쳐졌다가 하나의 달로 합쳐져 만월이 되는 조각. 왜 하필 달일까. 이든이 소속된 미군부 내에선 요즘 달이 연일 화제였다. 달은 소련에게 빼앗겨선 안 되는 주요한 미 영토 중 하나가 되어야만 했다. 지금은 군부 안에서 뿐이지만 과학자들이 비밀리에 개발 중인 로켓이 완성되면 늦어도 10년쯤 뒤엔 달이 세계 사람들의 이목을 한껏 끌 것이 확실했다. 달은 미래의 상징이 될 거라는 상관의 말이 맞는 건지도 모른다. 그러나 한편으로, 여전히 달은 불온의 상징이었으며 마녀들의 길을 밝혀주는 등불이기도 했다. 태양이 있는 낮에 다니지 못하는 이들을 위한 악귀의 선물. 이 여인은 어느 쪽일까, 마녀? 아니면……. 뒷면에 새겨진 이름은 두 개였다. 하나는 영어로 새겨진 이름, 그리고 조선어로 새긴 이름. 이든은 여인을, 가성을 선거가 있던 그곳에서 처음 보았다. 선거를 방해하는 이가 있다는 신고가 들어와 출동한 그곳. 사실 이든은 일본에서 조선으로 건너오기 전 『모던일본』이라는 잡지에서 조선 여인들을 본 적이 있었다. 가슴골이 보일 정도로 짧은 저고리에 허리를 강조한 치마를 입은 사진이 대부분이라 그랬을까. 가성처럼 정장 바지에 안경, 가죽 가방을 들고 있는 조선 여인은 본 적이 없는 것 같았다. 조국에서 루스벨트 대통령의 영부인인 엘레나의 총기 넘치는 모습에서 본 적이 있지만, 이곳에서는 사내들 말고는 처음이었다. 그래서 이든은 가성이 조선 여인이 아니라고 생각했을지도 모른다.

"시간이 부족하여 먼저 가겠습니다. 물건을 찾아주신 건 감사합니다."

이든이 퍼뜩 정신을 차렸을 때, 이미 가성은 멀어지고 있었다. 하지만 이든에게는 가성이 전단지와 함께 떨어뜨린 책이 한 권 들려 있었다. 이든은 손목의 시계를 확인했다. 미군정청 회의가 부민관이나 조선총독부 건물, 즉 캐피탈홀에서 열린다면 종로에 더 있을 수 없겠지만 오늘은 다행히 종로 경찰서 형사과에서였다. 이든은 가성이 사라진 방향으로 몸을 틀었다. 책의 상태로 보았을 때 이제

막 구입한 책인 듯했다. 이든은 가성에게 이 책을 전하며 대화를 조금 더 나누고 싶었다. 조선에서의 첫 친구가 저 여인이면 좋을 것 같았다. 부서지고 낡은 경성의 도로 틈에서 새어 나오는 물웅덩이를 피하며 이든이 가성을 찾아 두리번거렸을 때였다. 이든은 잠시 후 가성의 뒷모습을 보고 멈춰섰다. 가성이 종로경찰서로 들어가고 있었기 때문이다.

1장. 서울의 명탐정

너무 환한 어둠 속에서 너를 기다리며

호외라니. 소년의 목소리에 가성은 걸음을 멈추고 사람들이 모여든 곳을 바라봤다. 종로 한복판에서 오랜만에 듣는 호외 소리였다. 미군이 들어오고 경무국장이 치안 계획 포고문을 발표한 후 기관들은 모두 국가 재건과 좌익 사범 처리에 집중하고 있었다. 게다가 1945년, 조선 주둔 사령관 하지는 조선의 출판 자유를 보장한다고 했으나, 막상 조금이라도 미군정과 생각이 다른 신문은 좌익으로 몰려 폐간되기 일쑤였다. 『해방일보』나

『현대일보』만 봐도 그러했다. 남은 신문들은 정권에도 그리고 자본에도 자유로울 수 없었기에 이제 판매에 신경을 쓰는 추세였다. 그러니 호외는 꽤나 화제성이 있는 기사일 것이다. 가성은 경찰서로 들어가기 전 받아둔 호외지를 좀 더 깊숙이 가방에 넣었고 잠시 혼잡한 서울 거리를 한번 돌아보았다. 미군정에 의해 경성은 서울로 명칭이 바뀌고 대대적인 변화를 꾀하는 것처럼 보였다. 하지만 그 내부는 크게 달라지지 않은 듯했다. 일제 때만큼이나 시위는 빈번했다. 임금 문제로 경성공장 철도 노동자들의 파업이 있던 당시에는 미군과 군 경찰, 우익 청년단들까지 나서 무력으로 진압하는 바람에 엄청난 사상자가 나오기도 했고, 해방 이듬해엔 쌀 수급 문제로 큰 시위가 일어나기도 했다. 이 사건들은 모두 좌익 사범 색출로 마무리되었다. 그뿐인가. 서울 시내는 거리 청소가 이뤄지지 않아 질병 발생률이 치솟았고, 좀도둑들이 세력을 이루면서 조직범죄도 급증하는 추세였다. 전력난을 막기 위해 실시된 전력 제한 수급은 도리어 도둑의 활동을 돕는 것만 같았다. 그렇지 않아도 일제의 오랜 전쟁에 식민지 조선의 도로 상태는 마치 습자지를 깔아놓은 듯 허약한 꼴이었다. 게다 그 약한 바닥을 딛고 지나는 미군들의 지프차 무게가 더해지며 서울은 바닥부터 조금씩 내려앉는 중이었다. 미군정은 이런 서울 시민들을 돕겠다고 하였으나 실상 그들은 일반 난민과 여성, 노인, 아이로 이뤄진 난민 집단을 둘로 나눈 후 일반 난민에게만 구호를 집중했다. '미국은 평등 사회라고 하던데…… 난민에는 등급이 있나 보네' 이런 생각이 들자 가성은 저도 모르게 한숨이 내쉬어졌다.

고성과 악취, 전차의 소음이 뒤섞인 서울 거리를 뒤로한 채 경찰서에 들어선 가성은 이번엔 다른 의미에서 심란한 마음을 심호흡으로 삼켜야 했다. 가성의 책상 위에 쌓인 서류의 높이는 범죄 도시 서울의 위엄을 보여주고 있는 듯했다. 가성은 일제가 패망하기 전부터 종로경찰서에서 검안의로 일을 했다. 하지만 나날이 늘어가는 서울의 범죄는 이제 이런 작은 팀에서 처리할 만한 정도가 아니었다. '그렇게 자신들을 태양이라고 부르짖

던 일제도 물러났으니…… 서울도 나아져야 할 텐데.'

사실 일제가 패망하고도 당시 활동하던 경찰들의 80퍼센트가 여전히 경찰 조직에 남아 있었다. 일제는 조선인 형사들에게 즉결 처분 권한을 주면서 마치 경찰 권력을 넘겨준 것처럼 말했지만 현실은 그게 아니었다. 감자 몇 알을 훔치고 40대의 태형을 받아 죽어가는 조선인들이 부지기수. 일본인들은 불란서에서 들여온 법을 적용했지만 조선인 대부분은 검사를 만나보지도 못했다. 물론 진실을 밝혀도 도움이 되지 못하는 경우도 있다. 가령, 이런 거였다.

일전에 경성 한복판에서 목이 잘린 여아의 시신이 발견된 일이 있었다. 그러나 그 사건이 더욱 경성을 충격에 빠뜨린 건 다른 이유였다.

"어린 여아의 뇌수를 빼 먹으면 남자아이를 낳을 수 있다기에 그랬습니다."

가성은 영아의 시신을 검안한 의사였다. 남아를 낳으려고 자신이 낳은 여아의 뇌수를 빼낸 여성. 다섯 명의 아이를 출산한 후유증으로 허리조차 제대로 못 펴던 그를 보며 가성은 자신이 밝혀낸 진실이 과연 무슨 의미가 있나 싶었다. 다행인지 불행인지 수사 결과는 연가성의 이름으로 발표되지 않았다. 발표된 날 『동아일보』며 『조선일보』 『매일신보』는 물론이고 『모던일본』 『관광조선』과 같은 잡지기자들까지 한바탕 취재 경쟁이 벌어졌는데 물론 그 누구도 이 사건의 중심인 연가성을 만날 수 없었다. 왜냐고? 연가성의 이름은 종로경찰서 형사과 과학수사팀에 있지 않았으니까.

당시 연가성은 그 팀에서 엔 카이라고 불렸다. 어린 시절부터 대학 졸업 때까지 쓰던 이름은 연가희. 그것을 일본식으로 따온 것이다. 대학에서 수업을 들으려면 조선인도 일본 이름을 가져야 한다기에 지은 거였다. 조선식 이름은 절대 가르쳐주지 않는 조선 땅의 경찰서라니. 물론 기자들이 가성을 만나지 못한 까닭이 이름 때문만은 아니었다. 그것은 바로 계급, 혹은 성별.

최종적으로 그 수사 결과를 발표하고 종결을 선언한 사람은 형사 하시모토 노마와 양준수였다. 그때 연가성, 아니 엔 카이는 팀 내 일개 보조 사원이었다. 그럼 미군이 들어온 지금은?

미국은 세계 최대 자유국가라던데. 그래, 가성
도 그런 미국에게 기대를 걸었던 적이 있었다. 해
방 직후, 조선 경찰은 현대적 과학 경찰을 표방하
며 조선국립경찰관을 출범시켰다. 그다음 해인 46
년에는 경찰의 무전기 지급까지 논의될 정도였으
나 문제는 이런 경찰의 모든 권한이 미 헌병대에
있었다는 거였다. 그때까지만 해도 가성은 그래도
자신의 처지가 일제 때보다는 나아지려니, 희망을
가졌다.

46년에 경무부 공안국에 여성경찰과가 새로 생
겼을 때, 가성은 자신이 배운 의학으로 여성들이
당하는 범죄들을 과학적인 방식으로 풀어낼 수 있
을 것이라 생각했다. 일제든 미군정이든 여성들이
범죄에 더 취약한 것은 여전했다. 가령 여성이 낙
태를 하면 현재 교제 중이거나 결혼한 남편까지
공개되는 수치를 짊어져야 했다. 하지만 곧 가성
은 여전히 자신이 있을 수 있는 곳은 여성경찰과
가 아닌 종로경찰서 형사팀이라는 사실을 인정해
야만 했다. 가성이 태어나자마자 북조선으로 넘어

가 독립운동을 하였다는 아버지, 마약에 빠져 살다 광복이 되고 미군정의 좌익 사범 색출이 시작되면서 자살한 재조在朝 일본인 어머니. 미군정의 눈에 띈다면 가성은 단박에 요주의 인물이 될 게 뻔했다.

그렇게 이름도 명예도 희망도 없는 가성이었지만, 일만큼은 누구 못지않게 많았다. 쌓여 있는 서류들을 정리하던 가성은 한 사건의 기록에서 잠시 멈추었다. 가성은 가방에서 호외지를 꺼내 서류와 나란히 두었다. 그러고는, 회중시계의 초침을 조금 앞으로 움직였다. 5분 정도는 수사팀의 회의에 늦는다고 해도 둘러댈 수 있을 거였다. 물론 그런 가성에게 잔뜩 불쾌한 표정을 지을 사람이 있긴 하다. 양준수. 그를 개처럼 부리던 하시모토 노마가 본국 소환된 후 수사팀의 실권자가 된 사람. 가성은 세브란스를 졸업한 재원임에도 양준수보다 한참 아래 계급에 머물러 있을 수밖에 없었다. 사실 동기들은 일제의 위안부 착출을 피하고자 강제로 혼인을 하면서 자연스레 의사 일을 대부분 그만두었다. 가성 역시 혼인을 했지만 이혼을 했다.

일부종사해야 할 '여성'이라는 기준에서 가성은 이미 불합격이었으나 그랬기에 오히려 의사로서의 일을 할 수 있었다. 어처구니없는 게 세상인 것은 분명했지만, 가성은 자신도 참 대단히 어처구니없다는 생각을 하곤 했다. 그런 대접을 받고도 흥미를 끄는 사건 앞에서는 다른 생각을 할 틈이 없는 걸 보면 말이다. 가성은 양준수가 자신을 찾으러 오기 전에 이 기록을 보고 싶었다. 호외지는 무릎 위에 올려두었다. 물론 가성이 되돌린 시간을 무의미하게 할 사람이 양준수가 아닌 다른 이가 될 줄은, 그때의 가성은 미처 생각하지 못했지만 말이다.

"Hi, 안녕, 하세요?"

가성은 자신의 책상을 조심스레 두드리는 손을 바라보았다. 손목의 시계, 말투. 익숙하다. 가성은 문득 출근 전 전차를 떠올렸다. 혹시 내 뒤를 밟은 것인가? 순간 가성은 온몸에 옅은 소름이 올라오는 것을 느꼈다. 기사화되지 않았을 뿐, 조선 땅에서 은밀히 쫓아온 남성에 의해 살해당한 여성들의 사건이 흘러넘쳤다. 그러나 가성이 뭐라 말하기도 전에 먼저 알은척을 한 것은 양준수였다.

"이든 대위님, 벌써 도착하셨습니까."

가성은 양준수의 저 잔뜩 긴장한 모습을 본 적이 있었다. 해방 전 하시모토 노마에게서였지. 가성은 이제야 알 것 같았다. 오늘 오기로 한 미군정 조사관인 모양이다. 하지만 표정이 묘하기는 양준수와 가성을 번갈아 보고 있는 이든도 마찬가지였다. 이 사람은 나를 모르는군. 연가성은 입을 다물었다. 이든은 잠시 가성의 앞에 놓인 서류를 바라보았고 무언가 깨달은 듯 눈을 한번 굴린 후, 이내 뒤돌아 양준수에게 악수하자며 손을 내밀었다.

"당신이 형사과장 양준수 씨로군요. 이든입니다."

양준수의 손을 잡으며 이든은 잠시 고개를 돌려 가성을 보며 미소 지었다. 그제야 그의 다른 손에 들린 책을 볼 수 있었다. 선거장에 가기 전 송화와 운서의 부탁을 받아 사두었던 소설책이었다. 이든이 왜 여기까지 자신을 찾아온 건지 의문이 풀리는 것 같았다. 멀어지는 이든을 바라보던 가성이 회중시계를 꺼내 다시 시간을 확인했다. 시계는 다시 원래의 시간으로 되돌아와 있었다. 가성은 자리에 앉기 전 떨어뜨린 호외지를 주웠다.

'세 명의 부인 용의자, 한 명의 미남자 학구파 교수를 죽이다!!!'

호외지의 자극적인 제목에 가성은 저도 모르게 고개를 저었다. 이런 게 좋았다면 가성은 『명랑』이나 『관광조선』 같은 잡지를 정기적으로 구매했을 것이다. 조선의 여성을 대상으로 하는 잡지들은 그런 가십이나 괴담을 싣는 것을 좋아했다. 아니, 잡지들이 다루니 여성들이 그걸 좋아한다고 사람들이 착각하게 된 건지도 몰랐다. 하지만 그런 가성도 오늘은 이 호외지를 끝까지 살필 수밖에 없었다. 그와 관련한 서류를 보니 더욱 그랬다.

"피해자는 남자 하나인데 여인 셋이 용의자라니, 게다가 그중 한 명은 이미 자살이라……."

이 조건만 보면 유력 용의자는 자살한 사람이 되어야 했다. 우발적으로 사람을 죽이고 자살을 시도하는 범인이 많았으니, 하지만 그렇게 단정하기엔 무언가 석연찮았다. 여태 한 명의 여성을 죽이기 위해 떼로 달려든 남성들은 많았다. 한 명의 여성을 강간하기 위해 모여든 남성들도 많았다. 가성은 자신이 처리했던 사건을 떠올리고 있었다. 청운동 신원 미상 여성 유인 살인 사건이나 이화여전 여학생 살인 사건 모두 그런 경우였다. 신분이나 계급, 나이 같은 건 이들이 여성이라는 것 앞에서는 모두 상관없었다. 여성들은 범죄 앞에 참공평한 처지였다. 물론 그것은 변태 성욕자라고 불리던 사람들도 마찬가지였다. 여성이 남성 옷을 입고 짧은 머리를 하며 붙어 다녔다고 그들을 돌로 내리친 남성도 있었으니. 하지만 남성들의 경우는 좀 달랐다. 이들은 보통 경제적 문제나 조직의 계급 문제에 연루된 경우가 많았다. 게다가 이모든 것을 떠나 의아한 것은 바로 이거였다. 종로경찰서에서 검안을 담당하는 사람은 가성인데 호외까지 나도는 사건의 시신을 아직 본 적이 없었다. 이 서류는 가성이 만든 게 아니었다.

*

너무 환한 어둠 속에서 너를 기다리며.

"일단 이런 문장 자체가 문제입니다. 남자들은 이런 말을 쓰지 않습니다."

가성과 이든이 동시에 준수를 바라보았다. 준수는 이든의 눈빛에 약간 멈칫거렸다. 가성은 옅은 한숨을 내쉬며 고개를 살짝 저었다. 이든은 그런 가성을 보고 웃음을 머금었다.

"저는 마녀의 초대장인가 했습니다만, 조선에서는 꼭 그렇지는 않나 보군요."

"마, 마녀요? 마, 마고? 마고할멈 같은 건가……."

저 문장이 쓰인 쪽지는 살해당한 이의 주머니에 있었다 한다. 쪽지에서는 좋은 향이 났다지. 아무리 그러한들, 이든 저 사람은 살인 사건에 웬 농담인가 싶어 가성은 전혀 웃지 않았는데 준수는 어색한 미소를 지으며 이든의 진의를 찾기 급급했다. 이든은 그런 준수를 보며 손을 저으며 웃어 보였다.

"사실 제 조국인 미연방이 쓰는 퍼스트랭귀지의 기준으로는 이 문장이 남성형 문장인지 여성형 문장인지 구분이 안 됩니다만, 조선어가 그렇다면."

"조선어는 여성형과 남성형 문장이 없습니다. 평등한 어휘 체계를 가지고 있습니다."

가성의 말에 이번엔 준수가 미간을 찌푸렸다. "조용히 좀 해." 준수가 이를 악문 듯 가성에게 말하고는 다시 이든을 바라보며 말을 이어나갔다.

"이든 대위님, 조선 정판사 위조지폐 사건과 여운형 암살 사건 이후 좌익 세력은 더욱 활개를 치는 형편입니다. 남부 전라 지역까지 시위가 빈번합니다. 이런 엄중한 상황에 미군정의 일원이 살인 사건에 오르내리는 것은 좋지 못합니다. 게다가 범인이 미군이라면 말입니다."

이번엔 다시 가성이 눈살을 찌푸렸다. 사건이 종결된 이유를 알 것 같아서였다. 그럼 호외지의 그 용의자들은 뭐란 말인가.

"양준수 형사님."

"네, 이든 대위님."

"이 사건을 나의 조국 미 헌병대에서 나서는 이유를 아십니까."

"물론입니다. 피해자 패터슨 윤, 그러니까 윤박 교수는 하버드대학 영문학 박사과정을 마친 후 미 연방 주요 대학의 요청에도 불구하고 조국 문학의 근대화를 위해 이 땅에 들어오신 분이십니다. 우발적인 일이 분명하겠으나, 이러한 분께서 동료인 미군에 의해 살해되었다는 것이 밝혀지면 괴소문이 서울을 휩쓸 것입니다. 미 대통령께서 교육 사절단을 보내주셔서 공립 교육이 진행되고 있습니다만, 아직 저희 조선인들은 과학적 논리가 부족합니다. 좌익 세력이 이를 선동에 이용할 것입니다."

해방 후 귀국 사업이 시작되면서 미국이나 일본에서 유학하던 이들이 돌아오고 있었다. 그러나 조명을 받는 건 주로 남성 지식인들이었다. 특히 노동자들은 귀국 후에도 거적때기 하나 있는 수용소에서 생활 중이었다. 그러나 가성은 좌익이라는 말에 입을 다물었다. 가슴을 옥죄는 듯 두려움을 느꼈다. 본 적도 없는 빨갱이 아버지에 어머니의 죽음으로 연명한 삶. 가성은 코미디가 따로 없다고 생각했다. 명보극장이나 중앙극장에서 상영한다는 미국발 블랙코미디.

"그리고 또, 그는 저희 이승만 총재님의 동문이십니다."

하지만 준수의 범죄에 대한 논리는 가성의 그런 두려움으로도 다 가려지지 않는 황당한 수준이었다. 가성은 저도 모르게 한숨을 내쉬었다. 미연방에서 유학한 엘리트 남성의 살해 사건과 좌익 선동 관계에 대한 근거로 들이댄 것이 고작 그 남성이 하버드대학에서 공부한 것이라니. 차라리 사건에 대해 솔직한 건 이든이었다.

"양준수 형사, 미군정은 남조선을 파트너로 생각합니다. 우리는 세계 곳곳에 퍼져 있는 공산주의 세력을 청산해야 한다는 공통의 인식이 있습니다. 얼마 전 김구와 김규식이 평양 회담에 참여했던 것을 지지하는 자들이 많습니다. 자백한 미군은 술에 취했었다고 하나 마리화나를 한 흔적이 있습니다. 일제의 패악으로 남조선의 재정 상태가 좋지 못할 때 미군정의 일원이 이런 모습을 보이는 건 분열만 가중시킬 뿐입니다. 미군은 이미 헌병대에 신병을 넘겼고 곧 귀국 조치할 예정입니다. 그러니 양준수 형사가 애를 써주시기를 부탁드립니다. 참, 그리고 연가성 씨? 이 앞에서 잠깐 이야기 나눌 수 있을까요?"

이든은 윤박 살해를 자백한 미군이 미국에서 적절한 조치를 받게 될 거라고 했다. 하지만 가성은 일제 때 치외법권 적용으로 빠져나간 일본인들을 떠올렸다. 미소를 짓고 있는 이든을 보며 가성은 문득 양준수에게 연민을 느낄 뻔했다. 걸핏하면 양준수의 머리를 서류철로 내리치던 하시모토 노마나 지금 이 자리에서 평등을 운운하는 이든이나 다 똑같은 이들이었다. 물론 준수에 대한 약간의 연민은 오래가지 못했다. 이든이 나가자마자 준수는 가성에게 이든을 어떻게 아냐고 캐묻기 시작했기 때문이었다. 물론 가성은 준수의 물음에 하나도 답하지 않았다.

그날 가성은 늦은 시간까지 경찰서 옆 술집 금각화에 잡혀 있었다. 이든 대위와의 저녁이라는 명목하에 요정집에 간 거였다. 미군정이 시작되고 아홉 시 통금이 발표되었으나 남성 정치인들이 찾는 요정집은 늦게까지 영업을 계속하고 있었다. 수칙을 지키는 가게들만 피해를 봤다. 가성은 통금을 핑계 삼아 빠져나가려다 그대로 붙잡혔다. 왕진 의사는 통금 제한이 없다는 이유에서였다. 억지로 붙잡힌 회식 자리에서 가성은 세상이 참 요지부동이란 생각을 했다. 미군정은 여성들의 권리를 적극 지지한다며 공창제 폐지를 부르짖었지만, 어린 기생들을 마치 공공재인 양 대하는 것은 일제 때와 썩 다르지 않아 보였다. '몇십 년 후, 남조선이 혹 발전한다면 그땐 좀 달려져 있을까. 정말 그래야 할 텐데.' 이런 날들 속에서 가성은 선생인 로지가 했던 말을 떠올리려 애썼다.

"여기 세브란스 사람이라면 다 알겠지. 네 선배 간호원 안나 서 말이야. 조선 임산부들의 목숨을 구하기 위해 헌신하셨지. 그런 분도 분명 조선에 계셨단다."

하지만 또 한편으론 역시나, "여자를 사람으로 보는 데는 없어." 실습 시절 낙담하던 여자 선배들의 모습도 생각났다. 가성은 마음을 달래려 공연히 달을 한번 올려다보았다. 태양을 이렇게 봤다간 눈이 멀겠지. 가성은 이윽고 시간을 확인하려 회중시계를 꺼내려다 그만 바닥에 떨어뜨리고 말았다. 어둠 속에서 튀어나온 준수의 손이 가성의 팔을 움켜잡은 것이었다. 준수의 눈엔 대학 졸업장이 있는 가성이 자신의 자리를 빼앗을 것이라는 불안감이 늘 서려 있었다. 준수에겐 항상 가성에 대한 살기가 있었다.

"연가성. 잘 들어둬. 엄연히 조선은 남녀의 구별이 명확한 나라야. 그리고, 일본이 떠나면 뭐라도 달라질 줄 안 거야? 태양은 단 하나이기에 그 자리를 빈 채로 둘 수는 없는 법이야."

가성은 자신보다 약하다 여겼던 사람이 자신을 넘어설 때, 마치 자신의 것을 빼앗겼다 여기며 물불을 가리지 않는 사람들의 분노를 잘 알고 있었다. 그런데 어째서 이들은 자신보다 강하다고 판단되는 사람에게는 그렇게 쉽게 자신의 몫까지 내어주는 것일까. 그 비어 있는 태양의 자리를 왜 꼭 다른 제국에게 반납해야만 하는 것일까. 가성은 말없이 팔을 비틀어 빼내었다. 준수는 못마땅한 얼굴로 바라보다 문득 생각난 듯 물었다.

"헌데 그 시계 표면에 새겨진 그건 달인가?"

"별거 아닙니다."

가성이 고개를 저으며 얼른 시계를 주우려 할 때였다.

"요즘 경성 바닥에 세 개의 달이라는 가명을 쓰는 자가 있다는데…… 마치 탐정이나 된 듯 뽐내고 다니면서 우리 경찰을 농락한다 들었지. 생각 없는 여학생들은 경찰보다 그놈을 신처럼 생각한다는데. 연가성은 들어봤나?"

가성이 에? 하는 표정을 짓자 준수는 됐다는 듯 고개를 저으며 몸을 돌렸다. 그러다 이내 중요한 게 생각난 듯 다시 가성을 보며 이렇게 덧붙였다.

"어서 다시 자리를 지키지 그래? 술자리의 꽃은 여인이니까."

잰걸음으로 요정집을 향해 가는 준수에게 그날 가성이 뭐라고 답했던가. 아마 아무 말 못 했겠지. 가성은 월급을 받아 쌀을 사야 하는 일개 경찰서 직원이니까. 가성이 마음을 다스리기 위해 눈을 한 번 감았다 떴을 때였다. 문득 가성은 회중시계가 아예 사라졌다는 걸 깨닫고 주위를 두리번거리기 시작했다.

"이거, 찾으시는 거죠? 연, 가성, 씨."

달빛 아래 회중시계에 새겨진 세 개의 달 문양이 선명하게 빛났다. 가성이 얼른 손을 뻗으려 할 때였다. 이든은 회중시계가 든 손을 뒤로 살짝 뺐고 가성은 저도 모르게 눈살을 조금 찌푸렸다. 이든은 책 한 권을 내밀었다.

"『너희들의 등 뒤에서』. 이렇게 읽는 게 맞나요? 조선어가 서툴러서 죄송합니다."

남조선에 파견된 미군들은 대부분 일본에 상주하던 이들이었다. 그들 중 일부는 남조선에 가기 싫다며 눈물까지 보였다고 하니 미군들이 조선어가 서툰 것은 당연하다. 가성은 그저 고개만 끄덕였다. 이든은 그런 가성을 보며 다시 미소를 떠올렸다. 그 순간 가성은 이든의 그 미소가 자신이 아닌 이든 스스로를 향해 있다고 느꼈다.

"무슨 내용인지 물어봐도 되나요? 그냥, 궁금해서요."

'조선의 여성 독립운동가가 집단 성폭행을 당한 후 무장하여 일본군들을 모두 총으로 쏴 죽이는 내용이에요.' 물론 가성은 말하지 않았다. 여성 독립운동가가 등장하는 최초의 소설을 조선인이 아닌 일본인이 썼다니. 아니, 단지 일본인이 써서, 라기보다는 송화나 운서의 말대로 그걸 그때까지 조선인이 쓰지 않았다는 점이 굴욕적이었다. 여성 독립운동가에게는 내줄 지면이 없었나. 운서는 '여성 소설가도 별로 없고 여성이 나온다 한들 늘 고뇌하는 남자의 곁다리로 나오는 게 현실이니 그랬을지 모르지. 그게 리얼리즘이라나' 했을 뿐이다. 운서의 말을 들으며 가성은 사실 그대로를 가져다 쓰는 게 좋으면 소설이 아닌 신문을 읽으면 되지 않나 싶었다.

그리고 또 하나 가성은 이든에게 자신의 어떤 정보도 주고 싶지 않았다. 컬럼비아대학 화학과 졸업, 제2차 세계대전 태평양 지역 해군 화학정보부대 자원입대, 일본 나가사키 해군 화학무기팀 근무. 세계대전이 터진 후 미국에서는 명문대학의 남학생들이 자원입대를 하는 것이 유행이었다고 들었다. 국가에 쓰임을 증명하는 것. 가성은 증명이라도 할 수 있는 명문대 남학생들의 처지가 자신과는 퍽 다르다고 느꼈다. 그런 생각을 하는 가성에게 그의 팔뚝에 난 상처가 유독 눈에 뜨였다. 보통 사람들은 큰 상처가 생기면 가리려고 하지 저렇게 옷까지 걷고 다니지 않는다. 저걸 보고 두려움을 느낄 사람이 있다는 것을 아는 사람이란 증거이다. 가성은 우선 거기까지만 생각했다. 이든은 그저 일로 마주친 사람일 뿐이었다.

"그냥, 사랑 이야기입니다."

가성의 말에 이든은 잠시 고개를 갸웃하다 곧 회중시계를 건넸다.

"나의 조국에서는 달이 마녀들의 불온함을 상징합니다. 조선은 아닌가 보지요?"

조선에서의 달은 넉넉함을 뜻한다. 임진왜란 때 여성들이 흰옷을 입고 달빛 아래서 춤을 추지 않았던가. 음력 8월 15일, 추석은 만월의 날이기도 하다. 그걸 떠나서도, 가성은 태양보다는 달이 좋았다. 과학적으로 보면 태양은 가장 빛나는 별이기도 했고, 지구는 태양이 없으면 계절이 사라져

살 수 없는 땅이 되는 게 맞았다. 그렇다고 달이 쓸모없을까, 당연히 아니었다. 달은 태양의 빛을 온몸으로 반사해서 밤의 지구를 밝혀주는 존재였다. 지구의 곁을 끝없이 맴돌며 지켜주는 존재, 달이 없으면 조수간만의 차가 발생하지 않아 지구는 모두 물에 잠길 것이다. 그 물은 태양 빛으로도 말릴 수 없다.

"조선에는 마녀가 없습니다. 달은 달일 뿐이죠."

"그럼 그 양준수 씨가 말씀하신 마고라는 건……마녀가 아닌가 보죠?"

"마고는……." 가성이 말끝을 흐리는 사이 멀리에서 준수가 이든을 찾는 소리가 들려왔다. 마고는 세상을 천지창조한 신 중에 유일한 여성 신이었다. 다른 남성 신들이 산을 넘어뜨리고 육지를 파괴해서 세상을 창조할 때 마고는 자신의 옷자락을 찢어 세계를 만들었다 한다. 그러나 조선과 일제를 거치며 어느새 마고는 마귀가 되었다. 자신이 만든 바다에 빠져 죽고 자신이 정성 들인 세계의 사람들을 해치는 마귀할멈. 단군은 그런 마고를 쫓아냈다고 한다. 하지만 가성에게 마고의 이야기를 해준 운서는 생각이 좀 다르다고 했었다.

"그냥 이제 여성 신은 필요 없는 거야. 남자가 지배하는 세상을 여성이 만들었다고 하면 말이 안 되니까."

운서의 말을 떠올리던 가성은 이든에게 대답 대신 고개를 숙여 인사를 했다.

*

"어머, 사람이 죽었다는 거야? 사내 하나를 여자 셋이서?"

"어, 그게 셋 중에 범인이 있다는 거. 근데 어떤 쪽이든 좀 멋있기도 하고?"

"얘는, 사람 죽는 게 뭐 멋있니?"

"아니, 하도 여자를 죽이니까 그냥 해본 말이야."

이든이 차를 태워준다는 것을 겨우 물리친 가성이 마지막 전차를 타기 위해 다소 빠른 걸음으로 역에 도착했을 때였다. 몇몇 여학생들이 호외지를 나눠 읽으며 가성의 곁에 와 섰다. 미군정과 종로경찰서의 바람과 달리 그 사건이 화제이긴 한가 보다.

"너는 내가 만약에 남자한테 당해서 자살이라도 강요당하면, 그래도 그 남자 편이야?"

"아우, 얘는. 그런 일은 없어야지."

"너무 흔하니까 그렇지. 엊그제도 우리 전차 탔다가 어떤 사내가 우리 보면서 시집도 안 간 년들이 책줄이나 읽는다고 한 거 기억 안 나? 엉덩이도 치고 갔잖아."

"참, 세상 무서워 죽겠어. 여자로 살다가 제명에 죽는 게 소원 되려고 그래. 『사디즘』인가 뭔가 그 성 과학잡지 안 본 남자 있을까?"

"여자인 내가 본다고 하면 난리겠지? 왜, 레뷰 무대를 보던 사내들 말이야. 입을 못 다물더니만 끝나자마자 여자가 다리를 벌리느니 어쩌느니 하고. 저번에는 숙명여전 여대생이 안 만나준다고 죽인 사람도 있었잖아. 그래놓고도 그 여자 과부여서 그렇다고 그 살인마 편드는 사내들도 있더라니까. 그런데 우리 아버지랑 어머니는 내가 시집 안 가고 늦게 다니니 그런 일 당해도 할 말 없다고 이런 말까지 하셔."

"우리 집도 그래. 그럴 땐 가족 아니라 남이야. 아, 그런데 이번 사건도 혹시, 그분이 해결하시려나? 경찰서에서는 또 엉뚱한 범인 잡는 거 아닐까?"

"그분? 아. 세 개의 달, 그분 말이지?"

"응, 그 왜, 그 소설 있잖어, 김동성인가 그분이 쓴『붉은 실』에 나오는 탐정. 구라파 소설『셜록 홈스』인가 그거를 바탕으로 썼다던 거."

"하지만 세 개의 달은 여자라던데?"

"진짜? 실제로 보면 에리카 님만큼 멋쟁이시려나. 이제 여자들 그만 죽게 도와주면 좋겠다."

가성은 가만히 주머니 속에 든 시계의 겉면을 한번 만졌다. 그 언젠가 가성에게 세 개의 달이 새겨진 이 시계를 준 사람이 했던 말이 떠올랐다. 태양은 아주 중요한 별이라는 가성의 말에 그 사람은 이렇게 대답했었다. 과학적으로는 그럴지 몰라도, 태양의 빛은 너무 강해서 주변의 별빛을 다 삼켜버리는 것만 같다고, 하지만 그렇게 홀로만 밝게 빛나 무얼 하겠냐고. 그러니 가성 너는 빛나는 별 말고 주위를 은은히 밝히는 아름다운 별이 되라고 말이다. 그러면서 가희가 아닌 가성이라는 이름 어떠냐고 했었다. 그러니 아무래도 연가성, 이름값인가……. 가성은 그러면서도 다시 한번 용의자로 거론된 사람들을 떠올렸다.

여성잡지 편집장, 현 가정주부 전직 식모이자 성 판매 여성, 그리고 윤박의 제자이자 이미 자살한 상태라는 갓 등단한 여성 소설가…….

미군이 살인을 저질렀다고 하면 조선 인심이 바닥을 칠 테니 어떻게든 저 셋 중 한 명을 진범으로 만들 것이다. 멀리 마지막 전차가 건물 사이를 돌아 나오는 모습이 보였다. 가성은 여학생들을 뒤따라 마지막 전차에 몸을 실었다.

2장. 카페 송화

"아홉 시 이후에는 장사 못 해요."

갑작스럽게 쏟아진 비를 맞고 들어온 가성이 미처 옷을 털기도 전에 돌아온 말이었다. 가성은 스위치를 찾아 벽면을 더듬거렸다. 촛불을 켜뒀지만 실내는 바깥보다 어두운 느낌이었다.

카페 송화, 이곳은 동경에서 건너온 카페와 미국발 호텔이 진을 치고 있는 경성에서 꿋꿋하게 살아남은 조선인 카페였다. 그 이유는 주인 송화의 점패에 있었다. 카페의 주인이 점사냐고? 글쎄. 안정적이지 못한 환경에서 살아온 모든 이들이 그러하듯 이 송화의 삶에도 서사가 있다. 송화는 비구니로 키워졌다. 개항 초기 승려 중 일부가 시주를 이유로 남의 집에 들어가 조직범죄를 저지른 적이 있었는데, 아마 송화도 그렇게 조직적인 범죄에 이용하기 위해 키워진 아이였을 거다. 그 이후 조직이 망하면서 주지는 자신이 다니던 기생집에 송화를 팔았다. 거기서 송화는 자신이 연모하던 도련님의 서신을 전달하는 일을 했다. 그 서신 안쪽에 절도로 훔쳐낸 양귀비 가루가 있는 줄도 모른 채 말이다. 당시 경성에서는 부잣집 자제들끼리 양귀비를 은밀하게 융통하는 일이 있었다. 송화도 몇 번 그 가루 냄새를 맡아본 적이 있다고, 가성의 심문에도 해맑은 표정으로 이야기했었다. 그런 송화의 무죄를 입증하고 풀어준 건 가성이었다. 무죄가 입증되고도 도련님부터 찾던 송화. 그러나 가성은 사람이 사람에게 해줄 수 있는 일은 정해져 있지 않을까 싶었다. 자신의 몫은 거기까지, 송화가 잘 살아가길 기원할 뿐이었다. 그러던 어느 날 송화가 가성을 찾아왔다. 말끔한 양장을 입고 나타난 송화를 보며 가성은 큰 호텔의 교환원으로나 취직했으려니 했다.

"선생님, 저 카페를 하나 냈습니다. 여기 이 종이에 적힌 곳이어요. 운이 좋아 사대문 안에 터를 냈습니다."

가성은 카페를 다니는 체질은 아니었다. 그래도 일단 가겠다고는 했는데, 카페 개업이라면 무엇을 들고 가야 하는지, 그게 다시 고민이 되었다. 송화는 가성의 표정을 보더니 단박에 이렇게 말하는 것이었다.

"선생님, 저희 가게 오실 요량이라면 저는 꽃만큼이나 잡지들이 좋아요. 『새살림』이라던가, 『여성동아』 말이어요. 저희 가게 오시는 부인들이 그런 잡지와 신문을 참으로 즐긴답니다."

그렇게 가성은 송화가 부탁한 잡지와 신문을 사 들고 개업 축하 인사를 갔다. 사실 해방 후 무언가를 판매하는 축에는 국가의 개입이 사라지고 있었다. 극장의 영화값도 열 배나 상승해 사람들 사이에서 말들이 많았다. 국가에서 유흥업소는 단속하지 아니하고 영화 배급에만 세금을 넣어서 그런 경쟁이 시작된 것이기 때문이었다. 그렇게 세상은 예측하지 못하는 데로 흘러가고 있었고, 오히려 그 덕분에 카페 송화는 점점 더 북적였다. '거봐, 어느 땅이 저렇게 부자가 될 줄 우리가 알았어? 양반 문서보다 땅문서야.' 사람들의 말처럼 계급은 이제 자본 위에서 선명해지고 있었다. 사람들은 무녀집과 교회를 동시에 찾아다녔다. 하지만 그런 카페 송화도 미군정의 전력 수급 계획에 따라 최근엔 자주 영업을 당겨 종료하곤 했다. 그런데 오늘은 전기가 아니라 비 때문인가 보다. 카페 주인인 송화는 점술가이기도 했지만 최근엔 시인 지망생이기도 했다.

"운서 들어와 있어요?"

가성의 말에 무언가 끄적이던 송화가 고개를 들었다. 누군가 했네, 하는 표정으로 씩 웃어 보이던 송화가 위층을 가리켰다. 가성은 가방에 있던 두 권의 책 중에 한 권을 송화에게 건넸다. 『모던조선』이라, 스쳐본 표지에는 '여성의 해방, 옷매무새부터 다양하게'라는 글이 쓰여 있었고 양장 바지에 머리를 질끈 묶은 여성 그림이 어우러져 있었다. 일제는 전쟁 통에 경제 상황이 어려워지자 여성들에게 공연히 검소할 것을 강조했었다. 그런

틀에 정해놓은 여성상에서 벗어난 잡지들이 나온 것은 좋은 일이었다. 다만 어느 순간부터 그 잡지들조차 미군정을 돕자는 취지로 흘러가고 있는 것만 같았다.

"송화 님, 『너희들의 등 뒤에서』는 운서부터 줘도 되지요? 기사에 쓰려는 요량인 것 같아서요. 참, 그리고 저 송화 님 시집 나오면 바로 살게요."

"우리 연 선생님, 말도 참 달콤하게도 하세요. 네, 운서 선생님 먼저 보시게 두셔요. 한데 운서 선생님은 요즘 무슨 일 있으세요? 신문사도 안 가시고 종일 집에만 계신 듯해서요."

가성은 그저 미소를 지어 보였다. 송화는 잠시 가성의 표정을 살피더니 위층을 한번 넘겨다보다가 턴테이블에서 엔카 한 곡을 틀었다. 일본보다 시카고에서 인기라는 노래였다. 엔카 자체가 미국에서 넘어온 것이니 당연한 걸까. 미국에서 시작되고 일본에서 흥하여 조선으로 넘어온 음악. 사람도 음악처럼 근본이니 뭐니 따지지 말고 저렇게 받아들이면 좋을 텐데, 가성이 그런 생각을 하며 2층으로 가는 계단으로 향했을 때였다. 다시 펜을 들던 송화가 어머, 내 정신 좀 봐, 하며 가성에게 곱게 접힌 편지 봉투 몇 개를 건넸다.

"오늘 들어온 것들이에요."

나날이 가성을, 아니 세 개의 달을 찾는 이들이 많아지고 있었다. 대부분은 가난한 노동자들이나 여성들이었고, 좌익 사범이나 변태 성욕자로 낙인 찍힌 이들도 있었다. 경찰서에 가봤자 문전 박대인 이들. 편지를 살피던 가성은 유독 좋은 향기가 나는 봉투에서 잠시 손이 멈췄다. 분명 오늘 경찰서에서도 이 향기를 맡은 기억이 있다. 그러나 곧 가성은 편지를 가방 깊숙한 곳에 넣었다. 이윽고 비가 와서 나뭇결이 틀어지는 소리가 더욱 생생하게 울리는 계단을 밟으며 2층으로 올라섰다. 운서는 아마 이렇게 삐그덕대는 소리조차 듣지 못하겠지, 집중하고 있을 테니까.

"충분히 아름다워."

가성의 말에 운서는 어깨가 들썩일 정도로 놀라며 자개로 만든 갑을 탁 소리 나게 덮었다. 눈 가장자리를 강조한 화장은 아직 한쪽만 끝낸 탓에 운서는 반반이 다른 사람처럼 보였다. 분명 얼마 전만 해도 운서는 가성에게 해방 후 서울에서는 최대한 자연스럽고 창백한 화장법이 유행이라고 했었다. 벌써 서울의 유행이 바뀐 것일까. 그러나 가성은 다른 이야기부터 꺼냈다.

"오늘도 네 기사는 문학에 대한 찬양 일색이더라, 권운서 문화부 기자님. 원래 정치부가 아니라 문화부 기자가 꿈이었대도 믿겠어. 근데 기자님. 조선에는 여성 작가 없어?"

"우리 연 탐정님, 무슨 일로 만나자마자 취조 중이신가요. 있지 왜 없어요. 근데 조금 이따 보면 없어져. 사라지는 거지."

"그래? 그래도 호텔 카페에서 열리는 낭독회들도 그렇고…… 문맹률에 비하면 책을 읽는 사람들은 여성이 참 많은 것 같던데. 나 학교 다닐 때만 봐도. 선배들 연애소설 많이 읽었거든. 윤경준이라고 되게 유명한 소설가는 요즘으로 따지면 거의 배우 같은, 그런 인기였고."

가성은 윤경준의 소설을 읽어보진 않았다. 다만 그를 가성과 동기들이 그렇게도 존경하던 간호원 안나 서의 연인으로 알고 있었다. 안나 서의 연인 윤경준. 아니, 윤경아. 여성이 연애소설을 쓰면 책을 내기 어려워서 윤경아는 윤경준이라는 남자 이름을 썼다 하였다. 그게 벌써 7, 8년 전 들은 일인데 여전히 이곳은 그런 모양이다. 사실 가성은 호외지에서 용의자로 지목된 현초의라는 여성 작가를 보고 그 윤경준을 떠올리기도 했다. 그러게, 현초의…… 윤박 교수의 조교이자 신인 여성 작가. 그런데 가성은 현초의가 용의자에 오른 이유 중 하나가 좀 기이하다고 생각했다. 발표한 소설이 야박한 평을 들어 고뇌했고 윤박 교수를 질투하다 사이가 틀어진 듯하다는 그 문장 말이다.

"연 탐정님, 그거는 문단소설이 아니잖아요. 얼마 전에도 대차게 싸웠다고요. 어떤 남성 평론가랑 여성 작가랑."

"왜? 문단소설? 그게 뭔데? 탐정소설이나 연애소설하고는 달라?"

"나도 문화부 기자 돼서 알았는데 뭐 그런 게 있더라고. 일전에는 어떤 남성 평론가랑 강 모 여성 소설가랑 싸웠는데, 평론가가, 네가 쓰는 건 소설이 아니다, 연애 놀음이다. 엄중한 조국의 상황에 저게 말이냐, 소냐. 이렇게 말해서 싸움이 난 거야."

그건 글이 문제가 아니라 그냥 예의의 문제 아닌가. 가성은 자신이 글에 무지해서 그런 건가 싶어 입을 다물었지만 이상한 건 사실이었다. 하지만 진지한 가성과 달리 운서는 아까부터 양쪽 눈 화장을 비교해보느라 정신이 없어 보였다. 송화는 이제 남자 손님에게 잘 보이기 위한 화장이 지겹지만, 자신이 화장을 하지 않으면 어떤 남자 손님들은 돈이 아깝다며 나가버리기 때문에 안 할 수는 없다고 했다. 지겹고 고달픈 화장이 또 누군가에게는 저렇게 즐거우면서도 절박한 일이었다. 세상은 여성을 함부로 대하면서도 자신들이 정한 여성상에서 벗어나면 어김없이 손가락질해댔다. 게다가 운서는…… 가성은 운서 눈 옆의 상처를 보며 운서를 처음 만났던 때를 떠올렸다.

막 국민학교에 입학했던 때, 가성은 운서를 처음 만났다. 운서의 어머니는 일본인인 가성의 어머니와 유일하게 기생집에서 동무를 해준 사람이었다. 운서의 어머니는 상해의 유명한 무역상이었던 운서의 아버지를 만나 혼인했고, 가성의 어머니는 가성의 아버지라고 추측되는 사내가 북조선으로 떠나 한참이나 더 기생집에서 일해야 했다. 하지만 손님을 맞는 일은 아니었다. 그저 허드렛일이었다. 기생집에 오면서 아이 있는 기생은 싫다던 사내들이라니. 그때 도와준 이가 운서의 어머니였다.

가성과 운서, 둘은 함께 국민학교에 입학했고 초급, 고급 중학교를 졸업했으며, 동시에 대학에 입학했다. 둘은 함께 자랐지만 기질은 참 상이했다. 가성이 어린 시절부터 공부를 좋아했다면 운서는 옷을 맵시 있게 조합하거나 어머니의 화장품 보는 걸 좋아했다. 운서가 아버지에게 옷가지나 화장품을 들킬 뻔할 때마다 가성이 자신의 물건이라고 해주기도 했다. 표정 없는 가성에게 그건 그리 어려운 일도 아니었다. 아니, 정확하게 말하자면 가성은 표정이 없는 게 아니라 웃음이 없었다. 기생집에 온 사내들은 어리고 잘 웃는 여자를 좋아했기 때문에 가성은 웃지 않는 연습을 했다. 가성은 대신 공부를 열심히 했다. 물론 크고 나서야 사람들이 남자아이들보다 공부를 잘하는 여자아이를 싫어한다는 것을 알게 되었다.

커다란 안경을 쓰고 짧은 머리를 한 가성을 남자아이들은 '마고할멈'이라고 놀렸다. 그런 가성과 달리 운서는 온 집안의 사랑을 받고 자란 무척 밝은 아이였다. 처음에 운서는 가성이 자신을 보고도 웃지 않는 게 무척 의아한 모양이었다. 하지만 그뿐이었다. 다른 아이들처럼 가성을 싫어하거나 놀리진 않았다. 가성은 그게 고마웠다. 그래서였을까. 처음은 국민학교 5학년 무렵이었을 거다. 계집애 같다며 운서의 바지를 벗기려던 남자아이들이 있었다. 가성은 그때 운서의 손을 잡고 도망쳤다. 그날은 운서의 눈 옆 상처가 생긴 날이기도 했다. 남자아이 중 하나가 운서의 옷자락을 잡아끈 거였다. 자신의 아버지에게 혼나면서도 그날의 일을 말하지 않는 가성을 보며 운서는 크게 울었다. 그 덕분에 가성은 운서의 집에서 죽 살 수 있었다. 그렇게 둘은 그때부터 한 사람처럼 붙어 다녔

다. 다만…… 마주 보는 한 사람이 아니라 등을 맞
대고 서로를 빙글빙글 도는 한 사람. 둘은 어른이
되고서 비슷한 과정을 하나 더 겪었다. 바로 이혼
이었다.

가성은 위안부가 되는 걸 피하기 위해서, 운서
는 아버지의 강한 권유로 같은 해 다른 사람과 결
혼했고 이듬해 이혼했다. 그즈음 가성과 운서는
연락하지 않았으므로 훗날 서로 알게 되었다. 운
서의 이혼 사유는 여전히 모르지만, 넘겨들은 바
에 따르면 운서가 여성이 되고 싶어 하는 것을 뒤
늦게 부인이 알게 되었다고 한다. 그런가 하면 가
성은 부부 관계를 거부했다는 게 그 사유였다. 가
성은 호감과 별개로 성욕이 없는 사람이었다. 성
관계를 거부하는 가성을 채찍질하던 남자 얼굴은
죽을 때까지 잊히지 않을 것이다.

운서와 가성은 사건 취재를 하러 온 기자와 검
안의로서 다시 만났다. 그런데 그날 가성은 마치
운서가 자신을 찾아온 것처럼 느껴졌다. 그 사건은
운서의 담당도 아니었을 뿐더러 기자가 군이 경찰
서에 와서 검안의까지 만날 필요도 없는 사건이었

다. 하지만 이것도 그때는 마저 생각지 못했다. 그저 이 넓은 세상에서 운서를 다시 만난 것 자체가 선물처럼 느껴졌다. 그렇게 두 사람이 다시 마주했을 때 운서는 아버지로부터 절연당한 상태였고 가성은 집이 없어 하숙집을 전전하던 상황이었다. 돈 없고 가족 없던 둘은 그렇게 카페 송화 2층에 세를 들어 살게 되었다. 그때를 떠올리며, 가성은 가만히 주머니 속 회중시계를 만지작거렸다. 운서는 내가 이걸 여전히 소중하게 여긴다는 걸 알까……. 이런 생각에 잠긴 가성을 다시 카페 송화로 들어오게 한 건 운서의 질문이었다.

"가성아, 내가 너를 안 지가 올해 몇 년째지?"

운서는 그렇게 물으며 머리를 매만지던 손을 멈추고 돌아앉았다. 넥타이를 한 부인의 얼굴이란 정말 묘하게 매력적이라고, 가성은 그런 생각을 했다.

"저거 또 대답 안 하네. 연가성아, 이제 그냥 본론으로 들어가자. 오늘은 또 뭐야? 누가 죽기라도 했어? 왜 이렇게 적극적이실까. 저녁 먹자는 말도 오늘은 생략이시고."

"그러게…… 그런데 정말 누가 죽었어. 어떤 남자. 범인은 미군. 문제는, 미군이 범인이 되면 안된다고 하네, 곧 남조선에 친미 단독정권이 들어설 거라서. 그래서 범인은 세 명의 여자 용의자 중한 명이 될 거야."

가성의 말에 운서의 손이 허공에서 멈췄다. 범죄율이 높아지며 살인 사건도 늘어나고 있었고, 대부분 피해자는 여성이었다. 그런데, 여자 셋 중하나를 범인으로 몬다고? 몇십 년이 지난 후라면몰라도 적어도 지금 이 서울 바닥에서 그걸 누가믿을까 싶은 게 기자 권운서의 생각이었다. 그러나, 그 전에. 그런데 그걸 또 왜 하필 연가성이, 아니 자신이 끼어서 풀어야 하나?

"저기, 저기요. 연가성 님, 제가 투자하겠습니다. 광교길에 우리 병원 하나 차립시다. 그, 전쟁 다녀온 남성들 얼굴 재건이랑 여성들 용모 봐주는 병원. 정말 성공할 거예요."

"그런데 운서야, 문제는 말이야 세 명의 여자 모두 그 남자랑 관련이 있긴 해. 공교롭게 세 명 모두남자가 살해된 날 남자와 같은 공간에서 언쟁을

PIN_한정현   59

했어."

"저기 연가성아."

"응."

"너 언제까지 연기할 거야?"

가성은 순간 운서가 자신의 마음을 안다는 줄 알고 자신도 모르게 큰 숨을 들이쉬었다. 하지만 반대로 운서는 한숨을 좀 내쉬었고 향수도 뿌렸다. 이놈의 서울 하수구가 다 폭발한 거야 뭐야, 냄새 왜 이래. 이렇게 불평하면서.

"우리 연가성 님. 아무 표정 없이 별거 아니라는 얼굴로 길에서 글 못 읽는 할아버지 도와줘, 돈 떼어먹힐 뻔한 식당 아주머니 도와줘…… 뭐, 그래, 그런 네 덕분에 우리가 지금 송화에 말도 안 되는 방세로 사는 중이긴 하지."

가성은 운서를 빤히 바라봤다. '넌 무슨 여자애가 이렇게 뻣뻣하고 애교도 없니?' 가성이 어릴 적부터 많이 듣던 소리였다. '앤 뭔데 선배들 앞에서도 입을 꾹 다물고 있어?' 사람들은 가성이 친절하지 않다고 했다. 단 한 명, 운서 빼고. 그래서 아마 오늘도…….

"그래, 이제 또 뭐야. 나 또 뭐 해다 주면 돼? 우리 어릴 때 『동아일보』에 연재되던 『셜록 홈스』, 너 그거는 봤지? 너 꼭 그 셜록 같아. 셜록 가성, 아니 세 개의 달. 말해보시지요."

가성은 그제야 슬며시 웃음을 지어 보였다. 머리가 잘린 여아 사건 후 가성은 질책을 받았다. 뭐 하러 굳이 그걸 캐내서 여성 단체의 원성을 사냐는 것이었다. 그 뒤 가성은 시체 검안만 하는 업무로 잠시 밀려났다. 하지만 나날이 증가하는 여성 범죄로 가성은 가성대로 따로 서류를 빼내기 시작했다.

운서가 가성을 돕게 된 건 순전히 직업 때문이었다. 여장을 들키기 전, 운서는 정치부 기자였다. 서울에서 신문기자만큼 빠른 정보력을 가진 사람은 없었다. "연가성 어떻게 넌 사건을 해결하니까 좀 웃냐?" 가성이 웃는 모습을 보던 운서는, "나 주연 아니면 안 하는 성격이긴 하지만 왓슨 박사, 그거 한번 해준다", 이런 소리를 하며 여태 가성을 도와주고 있었다. '그런데 운서야, 넌 네가 말한 세 개의 달이 누구로부터 왔는지 정말 기억 안 나?'

가성은 말간 얼굴로 세 개의 달을 말하는 운서를 볼 때마다 마음이 조금 어지러웠다. 가성은 생각을 밀어내기 위해 얼른 사건을 끌어왔다.

"운서 너 에리카라고 알아? 반도호텔이 미군정에 넘어가고 그 건너편에 생긴 호텔 포엠의 사장 에리카 말이야. 원래는 살롱 노블 주인. 그날 윤박 교수, 그러니까 그 남자가 살해된 장소가 에리카가 운영하는 포엠이야. 공교롭게도 세 명의 여성을 그가 마주친 곳도 그곳이고."

내내 팔짱을 끼고 심드렁한 표정을 짓고 있던 운서는 에리카의 이름이 나오자 갑자기 가성 앞에 의자를 바짝 끌어다 앉았다. 양손까지 가슴께에 맞잡은 채였다.

"가성아. 너 지금, 그 에리카 말하는 거니? 그러니까 그, 『여원』 표지 모델……."

가성은 운서를 피해 몸을 조금 뒤로 빼면서도 고개를 끄덕였다. 운서는 갑자기 가발을 벗더니 겉옷을 걸치고 카메라를 챙기기 시작했다.

"가성아, 진즉 말을 했어야지. 너 정말 탐정 하길 너무 잘한 거 같아. 너는 정말 세기의 탐정이 될 거 같아. 나는 네가 하는 좋은 일에 내가 쌓아온 지식과 직업적 전문성을 헌납할 준비가 되어 있어. 너야말로 조국이고 민주주의고 이성적 근대의 상징이야."

가성은 고개를 갸웃했다. 여성잡지도 잘 보지 않고 문학 낭독회에도 별 관심이 없는 가성에게 에리카는 그저 사건 의뢰인이자 주요한 증인일 뿐이었다. 가성은 포장해 온 저녁도 먹지 않은 채 이런저런 옷을 견주어가며 설레하는 운서의 뒷모습을 한참이나 바라봤다.

"아, 근데 연가성아, 에리카 말인데. 화제의 인물이라서 그런가. 신문사에서 자자하다, 말이?"

"에리카에 대해서? 무슨 말인데?"

"마녀라고."

"뭐어?"

"얘는, 뭘 그리 황당한 표정을 짓니. 에리카랑 잔 남자가 없잖니. 심지어 에리카가 남자라는 소문도 있다? 원래 남자들, 지들이 가지면 몸 파는 여자고 못 가지면 마녀고 그러잖아."

가성이 눈살을 찌푸리자 운서는 얘는, 하는 시

능을 하며 이렇게 덧붙였다.

"이제 스파이라는 죄목만 붙여서, 에리카도 빨갱이로 처리하면, 딱 여기 미군정 치하의 남조선 느낌인데. 그치?"

가성은 이번에야말로 운서가 어떤 의도를 가진다는 생각이 들었다. 왜냐하면 운서의 말이 너무 그럴듯했으니 말이다.

3장. 조선의 마녀, 서울의 스타

에리카와의 약속이 확인되자 비서로 보이는 여성은 깍듯한 태도로 가성과 운서를 조금은 비밀스러워 보이는 곳으로 안내했다. 그가 함께 내온 찻잔의 받침은 꽃잎이 여러 개 포개진 모양새였다. 이곳이 아니면 보기 힘든 수입품이었다. 악취가 올라오는 서울 거리와 달리 부드러운 카펫이 깔린 호텔 포엠의 바닥은 마치 벽 하나를 두고 전혀 다른 세계가 그곳에 펼쳐진 것처럼 느끼게 했다. 가성은 일전에 받아둔 편지를 꺼내 코에 가까이 대보았다. 그곳에 떠도는 향과 비슷했다. 때마침 에리카가 나타나지 않았다면 운서에게 그 봉투마저 빼앗길 뻔했지만 말이다.

"저 에리카가 세 개의 달을 뵙고자 한 것은 윤박 교수가 사람들이 말하는 그 유력 용의자들하고 마주친 곳이 이곳이기 때문이에요. 그건 내 호텔에 도움이 안 되는 일이지요. 귀신이라도 들렸다는 소문이 나면 어쩌겠어요."

늦어서 죄송하다는 말을 하면서도 에리카의 행동은 아주 차분했고 꺼내놓는 이야기는 농담조라도 확실히 일리가 있었다. 일본은 조선을 무역과 관광, 전쟁의 전초기지로 삼으려고 했다. 그걸 위해 호텔 산업을 육성했고 그렇게 탄생한 호텔이 조선호텔, 반도호텔 등이었다. 그러나 일본이 패망하고 반도호텔은 현재 미군정청으로 쓰이고 있다. 물론 조선에도 돈 많은 사람은 있었다. 돈만 있으면 다 되는 미군정기, 일본이 나간 명동에 에리카가 호텔 포엠을 연 것이다. 돈을 쓸어 모으는 건 따놓은 것인데 문제는 소문이었다. 무당집을 찾는 사람이 늘고 있는 미군정 치하에서 살인 사건과 연관된 곳을 좋아할 사람은 없었다. 그러나 합리적인 사람이라면 좌익 색출에만 혈안이 된 경찰을 찾지는 않을 것이다.

"하지만 저는 뭐랄까요. 신도 귀신도 안 믿거든요. 그들은 인간을 해치지 못하지만 인간은 인간을 해치니까요."

역시 에리카는 명석한 만큼 매력적인 사람이었다. 신이나 귀신을 믿는 사람들은 인간의 근원을 인간에게서 찾지 않으니까. 가성은 에리카의 언변이 놀라울 정도라고 생각하며 그의 얼굴을 유심히 살폈다. 눈을 강조한 화장 때문일까, 아니면 챙이 넓은 모자가 에리카의 얼굴 절반을 가리고 있어서일까. 가성은 에리카를 보며 남성과 여성을 구분하기 어렵다고 느꼈다. 아니, 그것은 무용하다고.

"엄청난 미인인데 돈 되는 곳에서라면 마녀가 따로 없대. 에리카의 모母가 후쿠오카의 이름난 게이샤였다는 거야. 저 돈도 다 에리카가 얼굴 장사 해서 가져온 거고."

가성은 일전에 거리를 걷다가 에리카의 포스터가 붙은 벽면 앞에서 그렇게 말하던 청년들을 여럿 보았었다. 가성은 에리카가 마녀인지는 모르겠지만 적어도 상대의 이야기에 눈을 마주하며 대화

를 이끌어가는 사람인 건 잘 알 것 같았다. 사실 일
할 때의 가성에게 인간이란 그저 죽어서 경찰서
해부실에서 만나거나 아니면 살아서 가성에게 불
편함을 주거나 둘 중 하나일 뿐이었다. 그런데 에
리카는 그런 가성에게도 궁금증을 느끼게 하는 인
간이었다.

하긴, 가성이 에리카 이야기를 꺼냈을 때 반색
한 건 운서뿐 아니었다. 고개를 갸웃거리는 가성
이 딱했는지 송화는 이렇게 요약해주었다.

'에리카라면, 이곳 서울 여인들의 유행을 선도
하는 사람이에요. 사내들은 마녀라고 부르지만 여
학생들은 마고라고 한다네요. 그러고 보니 어쩌다
마고할멈이 마귀할멈이 되었나 몰라요.'

그때부터 각오하긴 했지만 운서가 이렇게 나올
줄이야……. 가성은 운서의 입이 벌어질 때마다
팔을 툭툭 쳤지만 결국 그마저도 포기했다. 어릴
적 다카라즈카 공연을 보고 소리를 지르던 선배들
의 모습과 유사했으니까. 마음으로 동경하는 것,
그걸 어찌 막겠는가.

"제가 선주혜 씨에 대해 아는 대로 말씀드리면

될까요?"

커피가 마시기 좋을 정도로 식었을 무렵이었다. 침묵을 먼저 깬 것은 에리카였다. 가성은 물론이라는 듯이 고개를 끄덕였다. 그러고는 회중시계를 꺼내 시간을 한번 확인했다.

4장. 용의자들

첫 번째 용의자—『모던조선』 편집장 선주혜

"우리 여성도 조국을 꿈꾼다, 그 조국은 미국이 아니다.

우리의 조국에 우리의 여성이 있기를 희망할 뿐이다."

*

"선주혜 씨, 그러니까 『모던조선』 편집장이시 죠. 해방 전에는 『모던일본』 조선판 편집장이시기도 했고요. 저도 성함만 듣던 그분을 직접 뵌 건 지금으로부터 반년 전이었어요. 아직 이곳 호텔 포엠이 만들어지기 전이라 제가 하던 소박한 살롱으로 오셨고요."

소박한 살롱, 이라고 했지만 살롱 노블은 작가나 화가, 음악가 등이 낭독을 하거나 신곡을 발표하고 전시를 하던 곳이었다. 서울은 경성 시절부터 살롱이 즐비했지만 살롱 노블처럼 다방면의 예술을 다루는 곳은 드물었다. 그러니 이런 큰 사건이 발생하지 않았을 뿐 원래부터 조용한 곳은 아니었다. 다만 에리카 선에서 늘 해결되는 수준이었다. 그렇기에 일제 때는 에리카가 일본군 장교의 첩이라는 소문이 돌았고 지금은 미군의 애인이라는 말이 나오고 있었다. 여성문화협회에서 축첩제도 폐지를 부르짖고 있지만 사람들 머릿속에서 그 단어 자체를 지워버리긴 영 힘든 모양이었다. 여성이 힘을 가지면 자꾸만 사람들은 그 배후를 상상했으니까.

"그때 선주혜 씨는 저에게 와서 '여성잡지'를 만들고 싶다고 하였어요. 아니, '여성만을' 위한 잡지였죠. 여성 작가의 소설만을 싣고 여성 작가의 기행문만을 내걸고…….”

“하지만,『모던조선』의 전신인『모던일본』은 기생과 부인들에게 다소 야설스러운 옷을 입히고 그것을 표지 모델로 삼아 일본인들을 상대로 돈을 버는 잡지 아니었습니까? 조선에 오면 아름다운 기생과 여행 놀음 할 수 있다, 이것이 일제 때 그들이 내세운 거였지요. 일본인들을 조선에 보내기 위함이기도 했고요. 그런 잡지에서 소설을요? 아, 말씀 중 끼어들어 죄송합니다. 제가 기자가 업이다 보니 궁금증을 참지 못하여서요.”

운서의 말에 가성은 잠시 운서를 힐끗 돌아보았다. 운서는 아까부터 무언가를 끄적이고 있었다. 가성이 세 개의 달로 누군가를 만나러 갈 때마다 운서는 그렇게 노트에 사건을 기록하곤 했었다. 그런데 오늘은 보고 있자니 에리카의 얼굴을 그리고 있어서 좀 어이없던 차였다. 그래도 나름대로 듣고는 있었던 모양이다. 운서의 말에는 확실히 일리가 있었다. 잡지를 전혀 모르는 가성마저도 『모던일본』이라는 이름은 익히 들어 알고 있었다.

"그렇지요. 바로 그런 점에서 선주혜 씨는 『모던 일본』의 그늘을 벗어나려 했어요. 아시겠지만, 올해 들어 여성문화협회에서도 그렇고 모두 여성의 목소리를 내자는 것이 중심이 되고 있지 않습니까. 일본이 물러난 이상, 마치 여성의 몸을 전시품 취급하는 그런 잡지는 그만하고 싶어 했지요."

"그러면, 에리카 씨에게는 어떤 일로……."

"제게 새로운 『모던조선』의 표지 모델을 권유하러 온 것이었어요."

"그러면 잡지 모델은 허용하신 것이고요?"

가성은 어느 순간부터 에리카의 표정은 읽기 어려운 게 아니라는 생각을 하고 있었다. 에리카는 표정이 없는 사람이었다. 혹시 에리카도 자신처럼 뭔가 소중한 걸 품고만 있는 걸까…….

"아니요, 선주혜 편집장은 내게 눈 화장을 지워달라고 했거든요. 활동적인 조선 여성들을 위해 화장을 지우고 머리도 묶어달라고요. 일리 있는 요구였어요. 이렇게 얼굴을 꾸미는 데는 시간이 많이 드니까요. 하지만."

선주혜는 그날 에리카에게 일반적인 조선 여성

은 그만큼 꾸밀 수 없다, 더군다나 여성에게는 언제나 '꽃'처럼 아름다울 의무가 지워졌으니 이제 거기서 벗어난 여성상을 보여주고 싶다 했다. 에리카도 전적으로 동의했다. 그러나 결국 에리카는 그것을 거절했다.

"하지만 뭐랄까요. 꽃도 여러 가지이듯, 나는 조선 여성들이 자신이 원해서 하는 의복과 화장이라면 다 찬성인 사람이에요."

에리카는 이번엔 운서를 바라봤다. 운서는 갑작스러운 에리카의 눈길에 얼른 노트를 덮고 웃어 보였다.

"기자라 하셨지요? 어느 신문인지 잡지인지는 모르겠으나 그러면 선주혜 편집장이 미군 눈에 난 것은 아시겠네요. 좌익 인사로요."

운서와 가성은 동시에 서로를 바라봤다. 사실 둘은 에리카가 선주혜의 요구를 거절한 것이 그런 연유는 아닐까 싶기도 했었다. 자본가의 입장에서 좌익 인사에 얽혀 좋을 것이 없었다.

"하지만 난 그것에는 별로 관심이 없어요. 밖에서는 내가, 에리카가 어느 미군의 애인이라는 소문이 돈다지요? 또 뭐라더라. 내가 여장 남자라는 말도 한다면서요? 하긴, 세브란스에서도 이미 1940년에 여성을 남성으로, 남성을 여성으로 하는 수술을 하기도 했으니까요."

운서는 에리카의 말에 조금 움찔하는 것 같았다. 가성은 운서야말로 그 수술을 받고 싶어 했다는 걸 알고 있었다. 가성은 잠시 운서를 바라보다 에리카에게 정말 궁금했던 것을 돌리지 않고 물어보기로 했다.

"그런데 윤박 교수와 선주혜 씨는 어쩌다 만나게 된 거죠?"

에리카는 커피가 거의 바닥을 보이는데도 커피잔을 들어 올렸다. 에리카가 말이 없자 이번엔 운서가 가성의 말에 힘을 실었다. 운서는 어느새 기자 권운서로 돌아와 있었다.

"에리카 님, 윤박 교수가 친정권 인사라는 건 모두가 아는 사실입니다. 조국의 문학을 얼마나 사랑하는 줄은 모르지만 미국을 정말 사랑하는 건 안다, 이런 농담이 돌 정도였으니까요. 그에 반해 선주혜 씨는…… 그래요, 원래 선주혜 씨도 친미 인사였죠. 미군에 협조해서라도 조선 여성의 권익을 찾고 싶었을 테니까요. 하지만 아마도 미군정 측이 선을 넘어버린 모양입니다. 미군정의 입장에서는 선주혜 씨가 자신들이 원하던 조선 여성 독립과는 조금 다른 조선 여성 독립을 원한다는 생각이 들었을 거고요. 돌연 좌익 인사로 찍혀서 여러 차례 국가의 지원에서도 벗어났습니다. 둘이 만날 이유가 저로서는 없어 보입니다."

가성은 운서의 말에 고개를 끄덕였다. 게다가 윤박 교수가 죽은 날은 그의 낭독회가 있었다. 그 말은 선주혜가 윤박 교수를 만나기 위해 일정에 맞춰 이곳에 들렀다는 뜻일 거다. 챙이 넓은 모자가 만들어내는 그림자는 해의 움직임에 따라 에리카의 얼굴을 좀 더 깊게 가리고 있었다. 햇빛이 강렬한 만큼 검은 그림자도 길어지는 것만 같았다.

"저도 그날 선주혜 씨가 어째서 윤 교수와 객실 문 앞에서 싸우고 있었는지는 모르겠어요. 얼핏 봤을 뿐이에요. 다만……."

다만? 가성은 저도 모르게 에리카의 마지막 말을 다시 한번 발음했다. 생각해보니 가성이 운서

빼고 반응하는 게 하나 더 있긴 했다. 바로 사건의 결정적인 장면.

"다 듣지는 못했지만, 얼핏 듣기로 선주혜 씨가 그런 말씀을 하시더군요. '내가 아무리 빨갱이로 낙인찍혀 남조선에서 살 수 없게 된다 해도 너에게 몸을 바치는 짓은 하지 않을 것이다. 이런 식의 협박으로 몇 명의 조선 여인들을 죽게 한 것이냐' 라고요."

"몸을 바친다고요?"

운서가 너무 크게 말했기 때문에 가성은 운서의 셔츠를 살짝 잡아당겨야 했다. 그사이 에리카를 그림자처럼 따라다니던 여성 한 명이 에리카의 옆으로 와 무어라 속삭였다. 그 여성은 일반적인 차림새였지만 가성은 살짝 벌어진 치마 틈 사이로 반짝이는 권총을 보았다. 하긴 여성 경호원이 없으리란 법 없지. 게다가 여성이라 하면 일단 방심하는 것이 이곳의 사정이니 도리어 더 안전할 수도 있었다. 가성이 자신을 관찰하는 걸 아는지 모르는지, 이야기를 들은 에리카가 무언가 예상치 못했다는 듯 당혹스러운 표정을 지었다.

"두 분께 죄송합니다만, 제가 오늘은 자리를 좀, 먼저 떠야 할 것 같아요. 미군정청에서 손님이 오셨다 해요. 오신다는 말씀도 없이, 왜인지."

에리카는 여러 번 사과했지만 가성은 왠지 에리카가 미리 정해진 순서대로 말을 하는 것처럼 느껴졌다. 에리카는 어느 순간부터 더는 커피를 채우지 않고 있었으니까.

"이번에 한국으로 오신 이든 대위님이 오신다고 해서요."

가성이 품은 의아한 마음은 이든이라는 이름 앞에 사라지고 있었다. 가성은 에리카의 말에 운서에게 얼른 모자를 씌웠다. 자꾸만 에리카에게 사인을 좀, 이라며 주춤대는 운서의 팔을 잡아끄는 것도 잊지 않았다.

*

"가성아, 윤박 교수 말이야. 여자 문제는 어땠어?"

가성과 운서는 오후 장사를 하는 국밥집을 겨우

발견하여 첫술을 뜨는 중이었다. 깨진 보도 사이에서 올라오는 악취에 점심이나 저녁 시간 아니고는 아예 장사를 접는 집들이 태반이었다.

"그래도 문화부 기자인 네가 더 잘 알지 않을까. 난 그의 시신조차 검안하지 못했어."

"피해자의 시신도 못 본 경찰 소속 검안의라니. 생각해보니까 송화 님이 뭔가 아실 것 같네. 문인들에게 창작 수업을 들으러 다닌다고 하셨으니까. 그리고 나 너한테는 말 안 했는데, 이거."

가성은 국밥 위에 고명으로 얹힌 부추 몇 가닥만을 젓고 있는 중이었다. 배추가 들어가야 했지만 구하기가 어려웠던 모양이다. 운서가 내민 것은 꽤 두툼한 편지 봉투였다. 운서의 선배가 호외를 쓴 기자의 학교 선배라서 겨우 얻어냈다고 했다. 가성은 편지 봉투 안에 든 글을 한참 읽다가 퍼뜩 고개를 들어 운서를 바라보았다.

"이거…… 소설이잖아?"

사실 가성은 그 글이 처음엔 좀 어려웠다. 그도 그럴 것이 '마녀'가 등장한 소설이었다. 번안 소설인가? 한데 그렇다면 운서가 사건 이야기를 하다

불쑥 이걸 왜 주었을까? 하지만 운서는 뭔가 작심하고 건네준 듯싶었고, 가성은 일단 그 글을 읽어 내려 갔다. 소설은 어린 마녀 둘이 사랑에 빠지는 내용이었다. 작은 마녀들은 마을과 외떨어진 숲속에서 조용히 꽃을 키우고 토끼를 돌보며 사는 소수민족이었다. 이들은 마을 사람들이 꽃과 채소를 재배할 수 있도록 뜨거운 한낮의 빛을 막는 천막을 건네주었다. 마을 사람들은 고마운 마음에 처음엔 이들을 마고라고 불렀다. 태초에 세상을 만든 그 마고. 그런데 어느 날, 커다란 날개를 가진 새와 함께 '태양의 사도'라고 불리는 한 사내가 마을에 나타났다. 사내는 자신이 곧 태양이라면서 태양의 강한 빛으로 산속 깊은 곳의 작물들을 커다랗게 키워주겠다고 한다. 여태 작은 식물을 나누며 만족하던 마을 사람들이었지만 커다란 작물이 생기자 그들은 필요 이상으로 많이 먹기 시작했다. 몸과 손이 커졌으며 그럴수록 식물이 아닌 동물의 사체를 원하게 되었다. 갈수록 더 강한 빛이 필요해졌다. 그런 마을 사람들에게 사내는 재물이 필요하다고 말한다. 그가 원한 것은 숲 깊은 곳 작은 마고들. 태양의 사도는 그렇게 어두운 곳에 사는 여인들이라면 분명 신의 뜻을 어기고 저주를 내리는 의미에서의 '마녀'일 거라고 속삭인다. 결국 이 어린 소수민족은 재물이라는 명목하에 집단 강간을 당한다. 겨우 살아남은 한 명의 '작은 마고'는 태양의 사도를 죽이고 '마녀'가 되어 화형을 당한다. 훗날, 그러니까 동물을 무분별하게 과다 섭취하여 알 수 없는 병으로 죽어가던 마을 사람들은 그제야 그 어린 마녀, 마고들 덕분에 소수의 마을 사람들이라도 건강히 살았음을 깨닫는다. 그 소설의 제목은 '마고'. 가성은 여기서 다시 한번 갸웃했다. 제목을 보니 번안 소설이 아니었다.

"대체 누가 마녀이고, 누가 사도라는 건지……."

운서는 이렇게 말하며 한숨을 내쉬었지만 정작 가성은 소설 속 한 문장을 오래 바라보고 있었다. "빛이 사라지면 너에게로 갈게." 이 문장은 윤박 교수의 시신 주머니 속에서 발견된 메모에도 적혀 있는 거였다.

"운서야, 이거 누가 쓴 건 줄 알아?"

"네가 말한 용의자 중 한 명."

"현초의?"

"그럴 수도 있고."

"그럴 수도 있고? 아닐 수도 있다는 거야? 하지만 용의자 중에서 소설을 쓰는 사람은 현초의뿐이잖아."

"나도 그게 이상해. 이 쪽지가 발견된 건 윤선자의 집이었어. 그 호외 쓰는 기자가 윤선자에게서 받은 거래. 경찰에 넘겼는데 필요 없다고 가져가랬다던데⋯⋯."

가성은 머리가 지끈거렸다. 이렇게 중요한 걸 돌려보내다니, 싫다가도 오히려 안 버린 게 다행인 마음이 들었다. 어차피 지금은 진범인 미군을 숨기기 바쁠 테니 말이다. 그런데, 이 소설 이야기를 하면서 운서는 왜 윤박 교수의 여자 문제를 꺼낸 걸까. 물론 가성도 윤박이 여러모로 이상하다고는 생각했다. 윤박 교수는 미군이 들어오면서 주장한 공창제 폐지에 힘을 싣고 있었다. 그는 신문에 여러 차례 사설을 실어 여성 권익 향상에 앞장서고 있었다. 물론 그 사설의 말미에 항상 '사실 여성들도 남성들에게 전적으로 기대어 살았기에 일어난 문제이니만큼 독립적 성향을 키우는 게 중요하다'를 갖다 붙이긴 했지만 말이다. 그래도 배운 남성 중에는 용감한 축이라고 생각했었다. 미군정 이후 커지는 여성의 목소리에 남성들은 불편한 기색을 숨기지 않았으니까. 그런데, 그런 윤박 교수가……. 아까 에리카가 했던 말에 의하면 윤박 교수는 선주혜에게 잠자리를 요구한 거였다.

"윤선자가 윤박 교수네 본가에서 어릴 적 식모로 일했다고 하더라."

뭐? 가성이 운서의 말에 막 무언가를 말하려던 차였다. 운서와 가성은 동시에 말을 멈췄는데 상위에 갑자기 맥주 한 병이 놓였기 때문이었다. 맥주 가격은 어느새 10원을 넘어서고 있었다. 마셔본 적이 오래여서 반갑긴 했는데 문제는 시킨 적이 없다는 거였다. 가성은 마음의 준비를 했다. 아니나 다를까…….

"연가성 씨? 여기서 또 보네요? 아, 친구분도 계시네요?"

"이든 대위님."

오늘은 일요일이죠, 하지만 가성은 그 말은 하

지 않았다. 길게 말하지 않고 싶어서였다. 그러나 운서는 어느새 재빠르게 일어나 명함을 건네는 중이었다. 가성은 이든이 운서의 손을 힘주어 잡는 것을 보았다. 팔뚝의 근육 움직임을 보면 아는 것이니까.

"저는 이든이라고 합니다. 권운서 씨. 아, 기자시군요? 이 신문이라면 남조선에서 가장 유력한 신문사인데 마주치지 않았었네요, 아직."

운서는 웃음 띤 얼굴로 자신은 정치부가 아니라서 볼 일이 없을 거라고 너스레를 떨었다. "아름다운 저는 정치판에 안 어울린다네요." 이든은 운서의 말을 허허 웃는 것으로 넘겼다. 둘의 대화를 들으며 가성은 언젠가 스승 로지가 알려주었던 '난센스 퀴즈'라는 말을 떠올렸다. 그들은 아귀가 맞지 않는 대화를 끊지도 않고 주고받는 중이었다. 이걸 끊을 사람은 가성뿐이었다.

"저, 이든 대위님. 혹시 제게 하실 말씀이라도 있으십니까."

"연가성 씨. 알아요, 오늘은 일요일. 주님께서 허락하신 휴일이죠. 저는 다만 호텔 포엠에서 일이 좀 있었습니다. 나랏일이죠. 지나가다 연가성 씨를 보았고요."

경찰서에 계실 때와 다르게 웃고 계셔서 좀 놀랐지만요. 이든이 이렇게 덧붙이자 운서는, "아휴, 우리 애가 좀 거칠어요. 그래도 좋은 아이랍니다" 이렇게 호들갑을 떨며 이든의 잔을 채우고 있었다. 이든은 오히려 고개를 저었다.

"아, 아니에요. 저는 연가성 씨의 그런 점이 멋집니다. 여성들이 저에게 잘 보이려 화장하고 그러는 것이 별로여서요. 특히 일본 여성이나 조선 여성들은 과하게 순응적이죠."

이든은 미소를 지었지만 운서와 가성의 표정은 동시에 어두워졌다. 순응하지 않으면 죽이잖아요. 운서는 가성의 눈 깊은 곳에 숨겨진 말을 알고 있었다. 운서는 이내 헛기침을 몇 번 하며 분위기를 전환하려는 듯, 아이고, 그러게요. 독립심, 아주 중요합니다. 남조선이 원하는 그 독립! 심! 하며 술잔을 채웠다. 가성은 아까부터 술을 들이켜기만 할 뿐 말이 없었다. 술로 누구한테 져본 적 없는 연가성, 그래도 거기까지만. 운서의 눈빛이 말하고 있었다.

이든과 헤어지고 집으로 가는 길은 가성에게 마치 퇴근길의 저녁처럼 피곤하게만 느껴졌다. 일터의 사람을 휴일에도 보는 건 역시 정신에게 민폐였다.

"연가성아. 저 남자, 너한테 관심 있는 모양이고?"

퍼뜩, 가성은 애써 밝은 척하고 있지만 어딘지 힘이 빠진 운서의 목소리에 발걸음을 조금 늦췄다. 운서와 나란히 걷고 싶었다. 그냥 이번 일 해결하라고 군정청에서 보낸 사람이야. 곧 한국 떠날 거고. 이런 가성의 말을 들은 건지 운서는 뭔가 넋두리처럼 말을 이어가고 있었다.

"작년에도 명동성당에서 미군하고 결혼들 많이 했잖아. 미국 의회에서 미군이랑 결혼한 여자들은 이민도 인정해준다 하고."

가성은 왠지 외로운 기분이 들어 주머니 속 회중시계 겉면의 달을 만지작거렸다. 운서는 정말 다 잊은 걸까. 이전에도 가성은 이런 말을 들은 적이 있었다. 가성이 아직 가희이던 시절, 혼인할 때였다. 운서의 아버지와 막역한 집안의 일본인 사내와의 결혼을 망설이는 가성에게 운서가 그랬었다. "결혼하면 일본으로 갈 수도 있고, 그럼 네가 공부하는 데 도움이 되지 않을까?" 가성은 순간, '운서야, 너는 내가 정말 아닌 거구나', 이런 생각이 들어 가슴이 내려앉는 기분이었다. 또 운서가 그렇다면 정말 자신도 누구와든 혼인할 수 있을 것 같았다. 그날, 그럼 운서야, 나 그냥 결혼할까? 하고 뒤돌아서던 가성에게 운서는 조금은 날아갈 듯한 가벼운 말투로, 그러나 이전에 들어보지 못한 단호한 목소리로 이렇게 물었다.

"아니면, 가희야. 우리 같이 멀리 갈래? 나는 여자로 살 거지만, 네가 괜찮다면."

가성은 순간 너무 놀라 답을 바로 하지 못했다. 오래 무언가를 열망하던 사람이 그걸 실제로 이루게 되었을 때의 믿기지 않음, 같은 거 말이다. 하지만 그걸 운서는 거절로 알았던 걸까. 다음 날 운서는 장난이라고 했다. 그러더니 불쑥 회중시계를 선물로 주었다. 세 개의 달을 새겨서, 자신만 알던 연가성의 이름을 새겨서. 몇 년 만에 가희가 가성이 되어 운서를 다시 마주했을 때 가성은 그때의 일은 전혀 기억하지 못하는 사람처럼 구는 운서가 이상했다. 하지만 묻지 못했다. 어떤 말이 나올까 무서웠으니까. 하지만 지금은 말할 자신이 있었다. 운서가 다시 한 번, 멀리 가자고 한다면 이제는 놀라지 않고, 망설이지 않고 대답할 것이다.

저렇게 빛나는 태양도 수많은 별 중 하나인 것처럼, 우리 또한 우주에 흩어진 많은 것 중 하나이겠지만 달은 지구의 주위만 도는 것처럼, 그래도 나에게 유일한 지구는, 유일한 달은 너, 운서라고 말이다. 그러나 가성의 이런 애틋함이 오래가지는 못했다.

"야, 연가성이. 얼른 와. 내일 월요일이야! 망할 월요일! 출근해야 한다고!"

운서의 출근 타령이 길어지는 일요일 밤이기 때문이었다.

5장. 장미의 향기는 장미의 잘못이 아니다

두 번째 용의자―윤선자, 로즈, 선녀 그러니까 식모, 술집 여성, 그리고 가정주부

"제발 내가 사랑하는 남편과 살게 나를 내버려 둬요."

윤선자. 나이는 서른. 현재는 두 아이의 어머니이자 한 남자의 아내. 가정주부로 살아가고 있음. 혐의점이라면 윤박 교수가 살해된 날 그가 묵었던 객실 앞에서 무릎을 꿇고 윤박 교수에게 무언가 사정하는 모습이 목격됨. 이후 윤박 교수에 의해 머리채가 잡혀서 객실로 끌려 들어갔고 고성이 새어 나옴.

*

가성과 운서가 에리카를 다시 만난 건 그로부터 일주일 후였다. 범죄의 도시 서울에서 평일의 가성은 검안의로 분주했고 운서도 징계가 풀리면서 신문사에 나가야 했으니 결국 각자의 생업에 충실하느라였다. 그사이 에리카는 눈매가 더 깊어진 듯 보였다. 운서는 가성의 귀에 대고, "오늘 에리카 님이 화장이 좀 진하시네. 저거 혹시 나 모르게 유행한 거니? 나 출근한 사이 말이야" 하고 물어 가성의 눈총을 받기도 했지만 막상 에리카와 이야기를 나눌 때는 더할 나위 없이 진지해졌다.

"사실 윤박 교수에게는…… 호텔 포엠의 사장 에리카로서 항의를 드린 적이 있습니다. 윤선자 씨를 자꾸만 호텔로 부르는 것 말이죠. 이곳에 와서는 안 될 사람을 말이에요."

에리카를 좋아한다고 그렇게 호들갑이더니 막

상 운서는 에리카의 '와서는 안 될 사람'이라는 말에는 눈썹이 조금 올라가는 듯했다.

"호텔 포엠에 오면 안 되는 사람이 있나요?"

운서의 목소리가 조금 거칠었다. 그도 그럴 것이 운서는 여장을 하고 나서는 출입을 거부당한 곳이 종종 있었다. 용산우체국이나 시청 같은 기관, 화신백화점에서 스카프를 사려다 내쫓긴 적도 있었다. 심지어 요정집에서도 금지되었는데 여자들, 혹은 여자들끼리 연애의 기미가 보이는 자들은 요정집 출입 금지라는 거였다. 그날 운서는 요정집 앞에서 '야, 너희 거기서 뭐 하는데 여자들을 못 들어오게 하냐?' 이렇게 고래고래 소리를 지르다가 경찰서로 끌려왔고 결국 운서의 본가에서 사람을 보내고 나서야 가성과 함께 집으로 돌아갈 수 있었다. 웃긴 건 하나 더 있었다. 그렇게 금지될 때 운서가 가발을 벗고 최대한 목소리를 걸게 해서 한마디 하면 다 해결된다는 거였다.

"형씨, 거 좀 지나갑시다. 여기가 뭐라고 사람이 사람을 금지해? 이러다 어린애도, 노인도, 개도 다 금지당하는 황당한 세상이 오겠어."

가성은 걱정이 되기도 했지만 내심 그런 운서가 대단해 보였다. 가성도, 아마 에리카도 어딘가에서는 분명 금지된 적이 있는 사람들이었으니까.

"공창제 폐지가 목전인데 호텔에서 그러면 안 되지요. 제국 때 저기 반도호텔에서 재미깨나 본 사내들은 호텔 주인인 나도 빤하다고 여길지 모르겠어요. 하지만 다른 데는 몰라도 호텔 포엠에서는 그런 일이 일어나길 원치 않아요. 더구나 윤박 교수는 기혼자니까요."

에리카가 조금도 늦추지 않고 말했기 때문에 가성은 공기가 팽팽한 느낌이라고 생각했다. 그러나 에리카든 운서든 그것은 서로를 향한 게 아니었다. 무언가를 향한 분노였다. 에리카의 말에 가성과 운서가 동시에 아, 하고 탄식이 섞인 탄성을 뱉었다. 의도치 않게 서로의 민낯이 드러났지만 이건 바닥을 보인 것과는 다른 종류였다. 가성은 오히려 이전보다 편안한 마음이 되어 생각했던 질문을 꺼내놓을 수 있었다.

"윤선자 씨는 평범한 가정주부의 삶을 사셨던데요. 기자가 다녀간 모양이에요. 윤박 교수의 집에서 식모를 했다는 건 알고 있었습니다. 한데 그일 말고 다른 일도 하신 모양이군요."

"조선 땅에 돌봐줄 부모 없이 태어나 살아간다는 건 권력자가 바뀔 때마다 다른 옷을 입어야 한다는 뜻이기도 하니까요. 저도 윤박 교수가 윤선자 씨를 여기, 호텔에 부르기 전까지는 몰랐습니다. 식모 일 이후에 잠시 기생 요릿집에서 일을 하신 모양이더군요. 물론 요리나 나르는 일은 아니고, 남자들을 상대하는 일요. 돈을 받고요."

미군정이 시작되고 공창을 폐지하는 일이 본격화되고 있었다. 문제는 공창이 폐지되면 사창가가 오히려 커질 거라는 우려가 있었는데, 미군정은 그저 폐지만 외치고 별다른 대책을 내놓지 못하고 있었기 때문이다. 사실 기생에도 계급이 생기는 중이었다. 당연히 가성은 그들 모두를 무조건 두둔하고 싶은 마음은 없었다. 하지만 공창제에 걸려들 만하게 몸을 파는 사람들은 뒤를 봐줄 정치인이 없는 하루벌이라는 뜻이었다. 그들은 사실 돈 벌 방안이 없어 그 일을 했던 거다. 아마 윤선자도 식모 일을 갑자기 그만두게 되면서 막막했을 것이다. 제국 시기 내내 여성 노동자들은 남성 노동자에 비해 열악한 환경에다 임금도 두세 배 낮았다. 오죽했으면 강주룡이 기와 위에 올라가 여성 노동자의 권리 시위를 했을까. 그러니 공장에 가도 아픈 곳 없이 나오면 다행이었다. 변변한 학벌도 집안도 내세울 게 없는 여성들은 남성들에게 몸을 판매하고 돈을 받는 일을 하곤 했다. 가성은 윤선자도 그런 과정을 겪은 게 아니었을까 싶었다.

"그런데 에리카 님은 이곳에서 윤선자 씨를 종종 목격하신 거고요?"

"네, 맞아요. 저는 윤선자 씨를 탓할 마음은 없습니다. 왜냐면 윤박 교수가 술을 마시면 윤선자 씨를 부르는 것 같았고 그럴 때마다 늘 윤선자 씨는 표정이 좋지 않았죠. 주부로 사셨다고 듣고 보니 그 이유는 납득이 가네요."

운서의 말에 의하면 윤선자는 슬하에 딸과 아들 하나씩 두고 양장점 보조로 일하는 남편을 도우며 살고 있다고 했다. 동네에서도 눈이 오면 이웃집까지 쓸어줄 정도로 손이 야무지고 싹싹한 면도 있어서 평판이 아주 좋았다. 크게 난 살림은 아니지만 아이들 옷이 항상 깨끗했고 인사성도 밝아서 윤선자가 이런 일에 휘말려 호외까지 난 것에 이웃 모두 충격을 받은 눈치였다고도 했다.

"특히 그날 제가 객실 앞에서 본 건…… 저도 책임이 있다고 생각합니다."

"에리카 님, 그날이라고 하면 그, 몸싸움이 났다는 날 말인가요?"

"네, 저는 복도를 막 꺾어 돌다가 싸우는 소리에 멈춰 섰습니다만. 손님들 싸우시는 일이야 호텔에서 흔하죠. 물론 그만큼 모르는 척하기도 하고요."

일제 때부터 호텔은 정치인들의 이야기 장소이기도 했다. 모르는 척이 호텔의 가장 큰 임무라는 이야기가 있을 정도였다.

"그런데 그날은 되돌아가려다 멈췄어요. 윤선자 씨가 소리를 치더라고요."

"무엇이라고요?"

"제발 사랑하는 남편과 이대로 살 수 있게 자신을 내버려두라고요. 자신의 과거를 빌미 삼아 성노리개 취급하는 걸 견딜 수가 없다고 했어요. 이제 자신도 무슨 일을 저지를지 모르겠다고요."

"그 말은, 좀 위험한 말이네요. 경찰에서 들으면 충분히……. 그런데 정작 머리채를 잡힌 건 윤선자 씨라고요?"

"네, 맞아요. 저는 윤박 교수가 윤선자 씨에게 차마 입에 담지 못할 욕설을 하는 걸 들었어요. 아시죠? 몸을 파는 여성을 사면서도 꼭 하는 그 말요. 전 입에 담고 싶지 않네요. 신문에서 보던, 그리고 지금까지 제가 봐왔던 윤박 교수가 아닌 듯했어요. 그러다가 갑자기 윤선자 씨의 머리채를 잡아 방 안으로 끌고 들어가려 했고요."

"윤선자 씨도 그날은 저항을 하신 거군요? 그러다 싸움으로 번진 모양이고요?"

운서의 말에 에리카는 고개를 깊이 끄덕였다. 그러고는 잠시, 라는 듯 손을 들어 보이곤 가성과 운서의 커피 잔을 한번 확인했다. 이윽고 커피 주전자를 들고 오기 위해 자리를 비웠다. 사실 아까부터 가성은 에리카의 팔을 유심히 보던 중이었다. 가성은 에리카가 일어서서 커피를 따라줄 때 검은 장갑 사이로 에리카의 팔뚝에 다소 굵은 모가 있는 걸 보았다. 뭐 생물학적으로 여성에게도 굵은 모가 있을 수는 있었다. 다만 호르몬에 따르면…… 게다가 에리카의 팔에는 자연적으로 발생할 수 없을 만한 크기의 상처가 있었다. 장갑으로 가리긴 했지만 제대로 치료를 받지 못한 듯한 상처는 눈에 잘 띄었다. 어째서 에리카처럼 겉모습에 신경을 많이 쓰는 사람이 눈에 띄는 상처를 바로 치료하지 않은 것일까. 혹시, 병원에 가면 안 되는 이유라도 있었던 걸까. 가성이 생각에 잠겨 있을 때였다. 운서는 에리카의 테이블 위를 한참 보더니 가성의 귀에 대고 속삭였다.

"여기 책이 한 권도 없는데 말이야. 딱 한 권이 있어. 근데 지난번과 다른 자리에 있네?"

갑작스러운 운서의 행동에 가성은 몸을 움츠렸지만 피하지는 않았다. 운서에게 좋은 향기가 났다. 미처 대답은 하지 못했는데 에리카가 뜨거운 커피를 가지고 돌아왔기 때문이었다.

"그날 그 후에 여기 호텔 보안을 좀 강화했어요."

에리카는 자신이 나서지 못한 걸 후회했지만 가

성은 충분히 이해가 되었다. 아무리 여자 둘이라도 남자 한 명을 감당하긴 어려웠을 것이다. 사람들은, 협박을 받는 여성들에게 왜 반항하거나 신고하지 않았냐고 묻지만 그게 그렇게 쉬운 일은 아니었다. 경찰의 조사는 미약했고 그들은 곧 풀려나와 두 배, 세 배로 보복하는 일이 다반사였다. 선거 소식으로 신문이 도배되면서 아예 묻혀버린 사건이지만, 얼마 전 일어난 시장 가게 부인 살인 사건도 전형적인 보복이었다. 게다가 윤박이라면 친미 인사로 유명했다. 그런 자에게 밉보이고 싶은 사람이 요즘 있을까. 그런데 문제는 바로 그거였다. 서울에서 가장 큰 호텔을 한다는 사람도 두려워하는 인물과 싸움을 한 사람, 그런데 그 사람이 과거 몸을 팔았던 여성이면서 윤박의 집에서 식모로 일한 경력을 가지고 있다. 윤박은 그걸 빌미로 남편에게 알리겠다고 협박을 한 것이리라. '아무리 생각해도 양준수가 가장 좋아할 만한 용의자야. 그러니까, 뒤를 봐줄 사람이 없어서 시끄러울 일 없는……..'

가성은 윤선자의 남편이 좋은 사람이었으면 좋

겠다고 생각하면서 입술을 깨물었다. 자신의 결혼 생활이 스치듯 떠올랐다. 가성이 아무리 자신은 누군가에게 성적으로 끌리지 않는다는 사실을 말해도 전남편은 반복해서 어떤 남자가 있는 거냐고 추궁했었다. 가성은 생각을 보내기 위해 커피를 한 모금 마신 후, 반드시 확인해야 할 부분 하나를 꺼내 물었다.

"에리카 님, 혹시 윤선자 씨 부군 되시는 분은……."

가성이 뒤이어 삼킨 말은 이거였다. 혹시 윤선자 씨 남편분이 좌익 혐의로 조금이라도 걸릴 만한 그런 일은 없었겠죠? 만약 그렇다면 살해범은 확실히 윤선자가 될 거였다. 좌익 혐의가 있는 남편과 공모하여 미인계로 가정이 있는 준수한 윤박을 꼬여 정보를 빼내려다 뜻대로 되지 않아 살해한 것. 서류에 적힐 문장은 확실해 보였다. 가성이 에리카의 대답을 기다리고 있을 때였다. 그때까지 가성과 에리카의 대화를 듣고 있던 운서가 갑자기 벌떡 일어섰다. 가성이 말릴 틈새도 없이 운서는 앞서 책이 놓여 있다고 가리킨 책상으로 다가서고

있었다. 잠잠하던 에리카의 눈에 약간의 파열이
생겼다고 느낀 건 가성의 착각이었을까.

"이 책은, 누구의 책이에요? 오, 영어로 된……
시네요?"

에리카가 급하게 일어서느라 커피가 쏟아졌지
만 에리카는 바닥에 커피를 쏟은 줄도 모르는 눈
치였다.

"그저, 선물 받은 거예요. 미국 여성 시인이라더
군요. 저도 잘 몰라요."

"시, 좋아하시나 봐요?"

"아뇨, 그게. 잘 모르겠네요. 그냥, 그냥 누가 선
물로 준 거라서."

"저도 빌려주세요."

가성은 운서의 팔을 살짝 잡았다. 운서는 누군
가에게 신세를 지는 걸 무척 싫어하는 사람이었
다. 그런데 갑작스럽게 책을 빌려달라니, 게다가
선물 받았다는 책을 말이다. 운서는 슬쩍 가성의
팔을 밀어내며 말을 이어갔다.

"혹시, 지난번 오신다던 이든 대위님이라는 분
이 선물 주신 건가요? 미국 책이길래요. 문화부 기

자인 저도 모르겠는 책인데……. 현지에서 구한 게 아닐까 해서 말입니다."

이든, 이라는 말에 가성은 허리가 저절로 꼿꼿해지는 것 같았다. 그러고 보니 이든은 왜 에리카를 만나러 왔던 걸까. 물론 살인 사건 때문일 가능성이 높았다. 하지만 자신과 운서가 이든과 마주친 시간을 계산해봤을 때 그가 에리카와 그리 긴 대화를 나눈 건 아니었다.

"빌려드리고 싶지만, 저도 아직 다 안 읽어서요. 이든 대위님은 그냥 호텔 숙박에 대해 문의하러 오신 거예요. 다른 사람에게서 받았습니다."

"수사 협조 때문 아니고요?"

이번에 끼어든 건 가성이었다. 물론 말하자마자 가성은 좀 후회했다. 굳이 알 필요 없는 이야기였으니까. 분위기를 바꾼 건 역시 운서였다.

"윤선자 씨가 혹시 윤박 교수랑 뭔가 문학적인 대화를 나누거나 한 걸 보신 건 아니죠?"

운서는 자신에게 집중된 에리카와 가성의 얼굴을 보다 웃음을 조금 터뜨렸고 이내 손을 저어 보였다. 그러고는 곧장 윤선자의 집에서 발견된 소설이 담긴 편지 봉투를 꺼내 에리카에게 내밀었다.

"윤선자 씨가 문학 공부를 하러 왔던 건 아닐까, 여기 오기 전엔 그런 생각도 좀 해봤습니다. 윤박 교수가 여기서 강좌를 여셨을 수 있으니까요."

느낌인 걸까, 여전히 에리카의 얼굴은 챙이 넓은 모자에 거의 가려져 있었지만 소설을 읽는 에리카의 얼굴이 조금씩 떨려오고 있다는 생각이 들었다. 하지만 착각이겠지. 에리카는 곧 봉투에 다시 소설을 잘 접어 넣었으니 말이다.

"아뇨, 저는 윤선자 씨를 여러 번 마주치긴 했지만 윤박 교수와 그런 이야기를 하는 건 못 들어봤어요. 그리고 이 글씨는, 윤선자 씨 글씨와는 조금 다른 것 같네요."

에리카는 서랍 속에서 작은 메모지 하나를 가지고 왔다. 도와주세요, 살려주세요. 이렇게만 쓰인 거였다.

"윤선자 씨가 그날 객실에 남기고 간 것이라고 하더군요. 청소해주는 아이가 저에게 줬어요. 아이 입막음은 제가 했고요."

가성과 운서가 보기에도 소설에 쓰인 글씨와 메모된 글씨는 확연히 달랐다. 게다가 소설은 만년필로 쓰였는데 메모는 끝이 다 닳은 뭉툭한 연필인 것 같았다. 만년필로 소설을 쓸 정도라면 늘 그걸 소지하고 다니는 인물일 확률이 높았다. 그러면, 역시 남은 한 명이 범인으로 지목되는 걸까. 가성은 여전히 그 영어 시집에 관심을 보이는 운서를 보다 천천히 고개를 돌렸다. 에리카의 시선이 운서의 뒷모습에 있다가 얼른 가성 쪽으로 돌아왔다.

"에리카 님, 현초의 씨는 잘 아시나요? 윤박 교수의 조교이자 소설가. 호텔에도 왔을 거고요."

에리카는 커피를 한 모금 마셨다. 무언가 생각에 잠긴 눈치였는데 아주 자세히 보지 않으면 모를 정도의 찰나이긴 했다.

"아뇨, 개인적으로는 잘 몰라요. 그분이야말로 제대로 뵌 적도 없고요. 말씀만 들었습니다."

분명 비밀스럽게 만났을 선주혜나 윤선자마저도 마주친 적이 있는 호텔의 주인이 교수의 조교를 본 적이 없고 잘 모른다니 가성은 의외라는 생

각이 들었다. 만약 에리카 말이 맞다면 윤박 교수
는 조교를 공식적인 자리에 데리고 다니지 않았다
는 뜻이 된다. 그런데 혹시라도 에리카의 말이 맞
지 않다면…… 하지만 에리카가 거짓말할 이유가
없었다.

"아, 그리고 이든 대위님은 곧 이 남조선 땅에
미국에서 큰 손님이 오실지도 모른다고 하셔서요.
저희 호텔을 알아보려고 오신 거지요."

줄곧 책에 관심을 두던 운서는 퍼뜩 고개를 돌
려 에리카의 뒷모습을 바라봤다. 에리카는 운서가
자신을 보고 있다는 걸 아는 듯 다시 힘을 주어 말
했다.

"물론 저는 그 큰 손님은 남조선 땅에 조만간은
안 오실 거라고 봅니다. 기실, 조선 반도가 참 탐을
내는 눈이 많은 땅이지요. 미군정도 그걸 좀 알면
좋을 텐데요, 친미 정권이 세워져도 이곳은 소련
과 중공이 늘 염두에 두는 땅이라는 걸 말이에요.
과연 어떻게 될는지. 이러다 두 개로 나눠 갖겠다
고 나서지는 않을지……."

에리카는 그렇게 말하면서 슬쩍 자신의 등 뒤에

있는 운서의 기색을 살피는 듯했다. 운서는 책의 뒷면을 보는 듯했지만, 그 역시 에리카를 의식하는 듯 중얼거렸다.

"요즘엔 호텔 숙박하려면 그 정도의 정보는 제공해야 하나 보군요. 누가 보면 스파이라도 되시는 줄 알겠어요. 미국 영화에 나오는 그 이중 스파이 같은 거요."

가성은 운서와 에리카의 공기가 아까와는 다른 의미로 다시 팽팽하다고 느꼈다. 하지만 가성은 가성대로 다시 생각에 빠지는 중이었다. 에리카는, 정말 현초의를 모르는 걸까.

6장. 반전

아까부터 양준수는 가성을 보지도 않고 손을 휘
휘 젓는 시늉을 하고 있었다. "아아, 연가성. 좀 됐
고, 그냥 범인 윤선자로 발표해. 빨리 끝내. 직인
저기 있으니까 찍고." 이런 말을 해가면서 말이다.
가성은 너무 예측 가능한 양준수의 말이 놀랍지
않았다. 양준수의 관심은 아직 소문에 불과한 미
유럽 총사령관의 방한에 집중되어 있었다. 에리카
는 그가 오지 않을 거라고 했고 윗선도 말이 없었
다. 그럼에도 대대적인 거리 청소가 시작될 예정
이었다. 물론 이 거리 청소라고 하면 여러 의미였
다. 각종 오물로 더러워진 서울을 깨끗하게 한다

는 의미도 있었다. 그러나 대대적, 의 의미에는 사람 청소가 끼어 있었다. 먹고살기 위해 이런저런 채소를 파는 노점상처럼 길에서 생계를 꾸리는 사람들마저 숨겨야 직성이 풀릴 '거리 청소'였음은 분명해 보였다. 가성은 한숨을 내쉬었다. 일제와 다른 점이 있다면 미군정은 자꾸 조선인을 친구라고 한다는 점이었다. 친구…… 그 단어가 떠오르자 가성은 이든이 자신에게 했던 말이 생각났다.

"연가성 씨. 저는 친구가 하고 싶어요. Just a friend, it's OK."

가성은 이든의 말을 들으면서 국밥집에서 만났던 날 그가 했던 말이 떠올랐다. 이든을 키워준 어머니는 조선인이라고 했다. 아마도 대규모 이주 사업 때 멕시코 농장으로 팔려간 조선인 중 한 명이었을 거다. 자신을 낳아준 사람은 아니지만 영향을 많이 받았고 트루먼 대통령의 영부인처럼 활동적이며 현명한 여인이었다고 했다. 가성을 보면 자신의 어머니가 떠오른다던 이든. 그래. 친구, 참 좋은 말이었다. 그리고 정말 어려운 말. 부부는 나라에서 보장해주고 연인은 주기적으로 만나면서

관계를 확인한다지만 친구라는 건 정말 아무런 대가도 기준도 없는 관계였다. 가성에게 그래서 친구는 더욱 어려운 존재였다. 가성은 어릴 때부터 사람들이 이상할 때가 있었다. 같은 학교를 나왔다고 밥 한번 먹었다고 친구라고 이름 붙이는 사람들 말이다. 하지만 그들이 말하는 친구라는 것은 그저 자신들과 비슷하지 않은 사람들을 거른 후 '같다고 생각되는' 사람들끼리 맺는 동맹처럼 보였다. 일본인들은 일본인만을 친구로 생각하여 조선인들을 착취하고 또 조선인들 사이에서도 자신들끼리 급을 나누고 하는 것처럼 말이다. 그런 가성이 생각하는 친구는 운서가 전부였다. 송화 또한 친밀한 이였지만 친구라고 하긴 어려울 것 같았다. 가성은 곰곰이 생각하다 입술을 한번 말았다.

"그런데 이든 대위님."

이든은 잔뜩 기대하는 눈치였다. 운서의 말처럼 미국이 미군과 결혼하는 여성에 대한 이민을 허락한다는 법안을 공포하면서 미군은 인기가 많아졌다. 오죽했으면 『경향신문』에 대문짝만하게 미군과 결혼한 두 명의 여성들이 '흑인 군악대'가 연주하는 〈아리랑〉을 들으며 시애틀까지 항해하는 기행문이 실릴 정도였을까. 가성은 숨을 한번 내쉬었다.

"이든 대위님, 저와 친구가 되고 싶다고 해주셔서 감사합니다만, 저는 대위님 엄마가 아니에요."

가성은 입을 약간 벌리고 놀란 표정을 감추려 애쓰는 이든에게 고개를 숙여 인사를 하고 먼저 자리를 떴다. 만약 이든이 자신의 어머니 이야기를 하지 않고 그냥 친구가 되고 싶다고 했다면 어땠을까. 사실 그렇다고 해도 친구는 될 수 없겠지만 이렇게 남아 있는 기억이 초라하지는 않을 거였다. 물론 운서의 생각은 가성의 이런 생각과는 아주 달랐지만 말이다.

*

"가성아, 그거는 말이야. 당신과 사귀고 싶습니다, 를 번안한 거 아니겠니? 친구가 되고 싶다는 거. 근데 뭐 아메리카도 뭐 크게 다르지 않구나? 솔

직하게 말하지, 친구는 여기서 무슨 놈의 친구야."

저도 그렇게 생각돼요. 운서의 말에 송화까지
고개를 무한히 끄덕이는 중이었다. 운서는 그렇게
말하면서도 새로 개업한 강서면옥에서 포장해 왔
다는 냉면을 가성 앞에 슬쩍 가져다두고 있었다.

"월급 받으면 뭐 해, 아주 주머니를 스친다. 지
난달에 이발하느라 전당포에 돈을 좀 잡혔더니 그
거 변상하고 나니까 아무것도 없어서 또 빌렸지
뭐야?"

정작 가성은 그런 운서의 넋두리를 들으면서 냉
면 국물만 몇 수저 뜨고 이내 소주만 홀짝였다.

"가성 님은 이든 대위님에게 관심 없으세요? 운
서 님도 그분 뵌 적 있다고 하셨죠?"

송화의 말에 운서가 가성을 힐끗 바라봤다. 가
성은 쉬지 않고 소주를 마시고 있었다. 술은 달았
다. 가성은 일부러라도 술을 자주 마시지 않았다.
어머니처럼 알코올중독 증상이 올까 무서웠다.

"어, 나도 봤어. 아우, 어깨가 아주 서해, 아니다
태평양이야. 멋있지, 멋있어. 나라면 바로 안겼지.
내가 여자를 좋아하는 게 한이었어."

운서는 송화에게 그렇게 답하면서도 가성을 힐끗거렸다. 가성은 다른 생각 중이었다. 운서는 자신이 여자를 좋아하는 여자라고 했다. 그럼 나도 좋아할 수 있나? 가성은 운서가 그 말을 할 때 그런 생각만 하는 자신이 좀 별로였다. 이 대화에서 가장 활기찬 것은 역시 송화였다.

"어머, 그러면 가성 님은 이든 대위님이 왜 싫으세요?"

"멋있어."

가성은 그 한마디를 하고 냉면 국물을 한 수저 떴다. 이번엔 운서가 아무 말 없이 가성을 보고 있었다. 송화는 허공에 박수까지 치며 더 이야기해 달라고 신이 난 기색이었다. 다시 소주를 한가득 따른 가성이 이번엔 운서의 눈을 똑바로 보며 말했다.

"네가 더 멋있어."

운서의 손에 들려 있던 냉면 면발이 주르륵 젓가락을 타고 흘러내렸다. 그런 둘을 보던 송화는 잠시 얼어붙은 듯하더니 물을 좀 가져와야겠다고 주춤대며 일어서려 했다. 멀리 거리에서 아홉 시

통금을 알리며 단속하는 소리가 들려왔다. 송화는 촛불을 켜고 가세의 불을 다 끈 후 문을 걸어 잠갔다. 연애 이야기로 들썩이던 카페 분위기도 순간 암전된 것만 같았다. 최근 가성은 송화의 카페 사정이 걱정이긴 했었다. 아무래도 가게는 유지비용이라는 게 있으니까 손님을 받는 시간이 줄어들면 자연히 타격이 갈 수밖에 없었다. 송화는 카페 송화의 영업 허가를 다른 방식으로 내서 아홉 시 이후에도 영업할 궁리를 하는 중이라고 했다. 점집에 오는 사람들은 대부분 고민이 많아서 눈에 띄지 않는 밤에 오고 싶어 하기 때문이었다. 운서는 냉면 면발을 삼키며 우물댔다.

"가성아, 송화 씨 얼른 단속해. 지금 전력 수칙 어기겠다는 거 아니야, 이거. 미군정청에 찌르면 너 승진할 거야."

"운서 기자님은 정말 너무하세요. 먹고살 일 빠듯해서 그렇잖아요. 저 요즘 심란해서 시도 통 못 쓰겠고 그래요. 어차피 지금 수업이 다 엉망 났지만요."

"엉망? 그러고 보니 우리 송화 님 시 수업 들은

걸로 기억하는데. 그거 계속해?"

"운서 기자님, 말도 마세요. 두 분도 보셨죠? 그 호외요. 거기 그 윤박 교수가 원래 저희 시 낭독반 도 모았답니다. 어차피 수업은 다른 사람이 다 했지만요."

"윤박 교수 유명세 때문에 돈 냈을 거 같은데, 사람들? 근데 다른 사람이 했다고?"

"네, 기자님. 저도 처음엔 돈 아까웠는데 두 사람 다 수업 들어보니까 차라리 그 다른 사람이 낫더라고요. 하지만 이제 그마저도 못 하게 됐어요."

가성과 운서가 의아한 표정으로 송화를 바라봤다. 그 다른 사람에게는 왜 수업을 못 듣는다는 건가. 가성은 사실 진작 송화에게 윤박 교수에 관련한 이야기를 좀 물어보고 싶긴 했었다. 송화는 시를 정말 좋아해서 살롱에서 열리는 낭독회에 자주 참여했다. 먹고살기 위해 글자를 배운 송화답게 조선어는 좀 서툴러도 영어나 일어는 수준급이기도 했다. 가성은 송화가 누구에게 수업을 듣는지는 몰라도 영어 낭독회를 자주 들으러 간다는 건 알고 있었다. 그즈음 대실 해밋과 같은 미국 작가나 푸시킨 같은 소련 작가의 번안본도 많이 들어오곤 했다.

"송화 님, 왜 수업을 못 들으시게 된 거예요? 수업을 진행하신 분께서 중단하신 거예요? 아니면 장소가 여의치 않아서 그러신 건가요?"

"아뇨, 가성 님. 그게…… 저 사실 가성 님한테 이거 의뢰하고 싶을 지경이었다니까요?"

"의뢰요?"

"네, 글쎄 말이에요. 대신 수업을 한 사람이…… 그 호외지에 나온 현초의라는 사람 같아요. 수업 때는 그 이름을 안 써서 몰랐어요. 근데 얼굴 보니까 단박에 알겠는 거예요."

"네? 이름도 없이 수업을 했다는 거예요?"

"그게, 그 수업은 애당초 윤박 교수 이름으로 알려져 있었어요. 사실 그때도 좀 이상하긴 했던 게요……, 나중에 보니까 신문에 윤박 교수가 쓴 글도 모두 그 여자분이 수업 시간에 하시던 이야기이던걸요? 이게 대체 뭔가 싶고……."

가성은 들고 있던 소주잔을 내려놨다. 운서가 얼른 손바닥으로 받치지 않았다면 소주잔 귀퉁이라도 나갔을 것이다. 송화의 말에 의하면 처음엔 다들 그 여자가 윤박 교수의 신문을 본 걸로 여겼다고 한다. 하지만 날이 지날수록 그 여자의 수업이 윤박 교수의 신문 연재를 앞서고 있었다. 윤서가 이해가 안 된다는 듯 수강생들은 그러면 왜 이런 문제를 따지지 않았느냐고 했을 때였다. 송화는 그러게요, 하다 가만 생각에 잠겼다.

"그게, 워낙에 그 사람이 말을 참 잘했거든요? 마치…… 자신이 현초의를 지도해서 그렇게 만들어놨으니 그가 한 말은 다 내 말이기도 하다, 이런 식으로요. 또 하버드대까지 나왔다 하니까. 그런 분위기라는 게 있잖아요, 왜. 이 사람에 대해 나쁜 말은 못 하겠다 싶은."

누군가 윤박의 말에 문제를 제기했을 때가 오히려 더 큰 문제였다고도 했다. 윤박 교수는 문제 제기를 한 사람이 예쁘장한 얼굴에 어린 여성이면 늘 끝나고 남게 했다. 반대로 남성이면 오히려 사람들 앞에서 그 문제를 까발려 자신을 공격하게끔 만들었다고 했다.

"순교자 흉내를 낸 거지. 그 남자 상당한데? 예

상은 했지만."

운서는 혀를 내둘렀다. 그런 남자들 너무 많이 봤다며 운서는 약간 으스스한 듯 몸을 떠는 듯했는데 무척 진심처럼 느껴졌다. 그런 운서를 보며 가성은 자연스레 운서와 함께 갇혔던 어린 시절의 그 창고가 떠올랐다. 그때 아이들은 자신들의 옷과 가방을 운서와 가성에게 바꿔 입혔었다. 사실 마을만 벗어나면 얼굴을 아는 이들이 없으니 여자아이 같은 운서를 수동무 취향의 고급 관리에게 팔겠다는 거였다. 우리의 얼굴과 이름을 아는 사람이 없으니까, 그 누구도 모르니까……? 여기까지 생각한 가성은 급하게 자리를 털고 일어났고, 거의 뛰다시피 해서 편지 봉투 하나를 가지고 내려왔다. 그 소설이 적힌 종이였다.

"송화 님, 이거 혹시 읽어보신 적 있으세요?"

송화는 어느 순간부터 일이 좀 심상찮다는 걸 느꼈는지 가성과 운서를 번갈아 보고 있었다. 하지만 이 바닥 눈치가 100단인 송화였다. 굳이 세 개의 달 운운하지 않고 가성이 준 소설을 펼쳐 보았다. 그리고 말보단 표정으로 더 빠르게 반응했다.

"어머, 이거. 그 수업 시간에 읽은 소설이에요!"

"그 여자분이 하셨다는 수업요? 현초의?"

송화는 크게 고개를 끄덕였다. 그러면서 잠시 후엔 무언가를 기억해내려는 듯 눈을 가늘게 뜨고 고개를 갸웃했다.

"그런데 이 소설도 다음 날 보니까 신문 연재 글에 일부분이 쓰여 있더라고요. 그래서 우리는 또 윤박 교수가 썼나 싶었어요."

송화의 말을 들은 가성은 자신이 소주를 너무 마신 건지 아니면 사건 자체가 어지러운지 헷갈리기 시작했다. 만약 윤박이 현초의에게 글을 의지했다고 치자. 하지만 그러면 이걸 왜 윤선자가 가지게 된 것이란 말인가. 가성이 머리가 조금 무겁다고 생각하며 물을 들이켜고 있을 때였다. 운서는 턱을 괴고 생각에 잠겼다가 퍼뜩 고개를 들었다.

"그러면 송화 님아, 그 수업에서 현초의는 윤박과 함께 온 적이 있어? 수업 전후라든가. 호텔 사장인 에리카는 현초의를 마주친 적이 없다고 하길래 묻는 거."

송화는 진심으로 의아한 듯 고개를 갸웃하더니

머리를 좀 긁적였다.

"이상하네, 현초의는 윤박과 함께 온 적도 물론 있지만……. 이건 나밖에 못 봤을 수는 있어요. 나는 언제나 카페 점 보러 오는 손님들이 밤에 오시니까 다른 사람들보다 먼저 급하게 뒷문으로 빠져나왔거든요? 수업 끝나자마자요. 다른 사람들은 선생님 나가고서도 모여서 이야기들 하거든요. 그런데 거기, 응, 응. 맞아요, 노량진 쪽으로 가는 전차 서는 곳 말이에요. 거기서 에리카가 기다리던데요? 둘이 같이 있는 거 많이 봤어요."

"그러니까, 정확히 누구랑 누가……?"

"누구긴요. 에리카랑 그 대신 수업했던 여자분. 그, 신문에 난 이름으로 하면 현초의요."

운서는 아, 하고 탄식을 내뱉은 후 앞머리를 쓸어 넘기고는 아까부터 가성이 마시고 있던 소주를 가져가 마시기 시작했다. 송화는 운서와 가성의 눈치를 살피며 대체 뭐냐고 묻다가 에이, 하고는 같이 마시기 시작했다. 술값이 너무 올라서 맥주는 꿈도 못 꾸고 양조장에 직접 가서 받아 온 소주였다. 술에 취하기 시작하니 각자 관심사로 생

각이 기울어서 다른 말들이 나오기 시작했다. 시
작은 운서였다.

"나는 미군 들어오면 적어도 맥주는 많이 마실
줄 알았어. 아니다……, 하여간 여자들한테 이뻐
야 한다고 말만 백번 하면서 화장품값은 꿈도 못
꿀 정도로 비싸고, 블라우스는 천이 많이 든다고
안 만들고…… 우리한테 나라는 만들라고 하고.
미국의 탈을 쓴 왜놈들아……."

가성은 언제부터인가 팔짱을 낀 채 무언가 중얼
거리며 홀을 왔다 갔다 하는 중이었다. 자세히 들
어보니 웬 수사 과정 브리핑 같은 거였다.

"이 사건은 흉부 압박에 의한 질식사로서, 검안
의 소견으로는 여성들만을 노린 계획적 범행의 수
법으로 추정됩니다. 이대 여대생 귀가 살인 사건,
택시 기사 부인 납치 살해 사건, 여공 인육 사건 등
과 유사한 방식입니다. 범인은 여성들의 뒤에서
목을……."

그런 둘을 멍하니 보던 송화는 비틀거리며 갑
자기 홀 안에 딸린 방으로 들어갔다 나오더니 숨
을 한 번 푸, 하고 내쉬었다. 그러고는 허공에 삐라

처럼 무슨 종이 뭉치를 휘날렸다. 그 덕에 가성과
운서는 술이 좀 깼는데 줍고 보니 그 종이에 쓰인
건 송화가 쓴 시였다. "송화 님, 이 귀한 걸 왜 버려
요." 가성이 비틀거리면서도 송화가 쓴 시를 주워
주려 고개를 숙였을 때였다. 운서가, "어머 송화 이
언니, 지금 이거 뭐야, 설마 시야?!"라고 경악하는
듯한 소리도 들려왔다. 그때였다. 가성은 송화가
무언가 중얼거린다는 것을 알고 최대한 집중하려
애썼다.

**내 소리를 아무도 알아주지 않네. 오동나무 한 그
루가 역양에서 자라나 차가운 비바람 속에 여러 해
를 견뎠네. 다행히도 보기 드문 장인을 만나 베어다
가 거문고를 만들었네. 다 만든 뒤 한 곡조를 타보았
건만 온 세상에 알아들은 사람이 없네. 이래서 광릉
산 묘한 곡조가 끝내 전해지지 않고 말았나 보네[1]**

　　그날 송화가 울면서 읊은 건 시 한 구절로 밝혀
졌다. 흐려지는 기억 속에서 가성은, 자신이 비록
시도 소설도 모르지만 예술이란 정말 위험한 것
같다고, 울면서 시를 읊는 송화를 보며 그런 생각
을 했다.

"있잖아, 가성아."

"응, 운서야."

"진짜, 윤박 교수 죽인 사람 말이야. 그…… 미군 맞아?"

가성은 아까부터 셔츠 소매에 달린 단추를 꿰매고 있는 운서를 멍하니 바라보고 있었다. 운서는 엊그제 냉면과 함께 손목으로 올수록 통이 넓어지는 블라우스를 한 벌 사 왔다. 송화가 반색하며 자기 거냐고 물었는데 역시나 운서 자신의 것이었다. 다 좋은데 단추가 마음에 안 든다면서 모조 진주를 구해 와 다는 중이었다. 물건은 가격보다 누가 그걸 들고 있는지에 따라 달라지는 것 같다고, 가성은 운서를 보며 그런 생각을 했다. 사실 어릴 적 운서는 자신의 옷을 가성에게 많이 주었다. 명목상은 가성의 치마를 입어보고 싶다는 거였지만 예나 지금이나 운서는 화사한 색을 좋아해서 무채색 가득한 가성의 옷을 입고 싶었을 리가 없었다. 아마도 운서는 가성이 낡은 신발을 신고 매일 같은 옷만 입는 것이 안타까웠을 것이다. 어린 운서는 자주 가성에게 자신의 신발을 벗어주곤 했으니까. 정작 운서는 가성이 자신의 말에 어느 정도 동조해서 말이 없다고 생각했는지 계속 이야기를 이어나갔다.

"셋 중에, 그러니까 선주혜, 윤선자 그리고 잘 모르지만 현초의까지. 송화 님의 말이 맞다면 말이야. 오히려 그 셋 중에 누가 윤박을 죽여도 이상하지 않겠던걸?"

운서의 말에 가성은 다시 사건 현장으로 되돌아갔다. 그래, 확실히 운서의 말은 공감되는 바였다. 여성 권익 향상을 위해 윤박 교수가 힘을 보태길 바랐던 선주혜는 그 대가로 잠자리를 할 것을 요구받았고 윤선자는 과거를 빌미로 지속적인 성적 관계를 맺을 것을 협박받았다. 그런가 하면 현초의는, 자신이 했던 작업물을 빼앗겼을 가능성이 있다.

"지금 조선 바닥에 누군들 안 힘든 사람 있냐고 하면 할 말 없겠지만, 여자들 참 힘들어. 근데 이렇게 기사 쓸라치면 윗선에서 무슨 남자 여자 편 가르냐고 해. 아니, 대항 세력이 돼야 뭘 가르든 말든 가능한 소리 아니냐. 거의 뭐 여자는 있지도 않은 존재들 취급인데. 그리고 일제 때부터 기사 뒤져 보면 사실이 그러한데 내가 무슨 편이냐, 편은. 미군 들어와 세상이 달라졌다고, 정서적 종속은 뭐 종속이 아닌가? 나중에 달라진다고 하면 그땐 내가 사과할게, 백 번!"

가성은 고개를 끄덕이면서도 정말 윤박 교수가 썼던 글의 상당수를 현초의가 쓴 것일까, 그럼 그걸 어떻게 밝히면 좋을까 고심이 되었다. 현초의는 죽었지만 글은 남았으니 어떻게든 원래 주인에게 돌려주고 싶었다. 송화의 말에 의하면 그건 기정사실이었으니까. 윤박 교수를 추종하던 이들은 선생이 제자의 글을 가져다 쓰는 것이 관행인 줄 알았을 것이다. 그렇게 만든 사람은 아마 윤박이겠지. 가성 또한 신문에서 그의 글을 읽은 기억이 있다. 몇몇 구절이 매혹적이었다. 돌이켜 보니 그때 가성이 매혹을 느낀 건 윤박이 아니라 현초의였다.

가성은 한숨을 내쉬고는 아까부터 블라우스를 대보며 품을 맞추는 운서를 다시 바라보았다. 미군정이 시작되고 사내들은 그 스타일이 변하고 있었다. 일제 때 정장이라면 영국식으로 허리를 조여주는 조끼까지 입는 것인데 미군정이 들어오면서는 조끼와 타이가 사라지고 셔츠에 정장 바지로 바뀌었다. 셔츠도 목까지 단추를 잠그는 것은 이전 스타일로 취급되었다. 여자들이야 몇몇 전문직들과 기생, 모던 걸과 아프레 걸들을 제외하고는 사실 스타일이라는 게 없었다. 일제가 여성들의 검소를 워낙 강요하기도 했고 실제 물자도 없어서 무명 저고리뿐이었으니, 당연히 변화랄 것이 없었다.

"연가성아, 그런데 말이야. 우리 이 모든 걸 너무 한 명에게 들은 것 같지 않니?"

가성은 단추도 아닌 모조 진주로 마감한 블라우스에 폭이 좁은 정장 바지를 매치한 운서를 보며 정말 옷을 잘 입는다는 생각을 하고 있었다. 그러면서 운서의 질문도 곱씹어보았다. 그러니까 가성이나 운서가 지금까지 한 사람에게 이 모든 이야기를 들었다는 말. 가성은 어젯밤 2층에 올라오기 전 카페 송화에서 챙겼던 잡지 『여원』을 가만 바라봤다. 표지의 한 사람, 반쯤 가린 얼굴에 깊은 눈매를 지닌 에리카가 마치 눈앞에 있는 것처럼 생생했다. 사진이라는 건 참 신기했다. 보는 사람의 관점에 따라 이렇게도, 저렇게도 보이니 말이다.

"운서야, 에리카는 왜 현초의를 모른다고 했을까. 송화 님 말씀이 맞다면 그들은 굉장히 다정한 사이였던 것 같은데 말이야."

"그거야…… 다정하면 곤란한 사람들이 서로 다정했나 보지."

운서는 그렇게 받아치더니 챙이 넓은 모자를 하나 가지고 나왔다. 무슨 뜻이냐는 듯한 가성의 표정에 다른 말을 꺼냈다.

"있잖아, 가성아, 내가 에리카 책상 위에서 책을 하나 봤잖아. 거기 그거 써 있더라?"

"뭐?"

"그 책 영어라서 나도 다는 못 훑었지. 근데 뒷면에, 굵은 글씨로 '너무 환한 어둠 속에서 너를 기다리며' 이게 있던데?"

그렇게 말하며 운서는 챙겨 나온 챙이 넓은 모자를 눌러썼다. 왜였을까. 그 순간 가성은 운서가 에리카와 몹시 닮았다고 느꼈다.

"가성아, 네가 전에 그랬잖아. 너 선배 중에 안
나 서라고, 조선 간호원으로서 정말 헌신했다던
선배. 그 선배가 신체적으로 여성이었던 윤경준과
아메리카로 도피했을 때, 사람들 반응 어땠던 거
같아? 기억나?"

"변태 성욕자들이라고. 해온 일들은 다 없던 일
처럼 돼버려서 학교에서도 난감해했어."

"그래, 에리카나 현초의나. 뭐 그럴 수도 있다고,
내 말은."

운서는 그러면서 고개를 획 돌려 가성을 보았
다. 잘 어울리냐는 걸 묻는 거였겠지만 순간 가성
은, 그러면 너랑 나는 어떨까, 운서야, 이 말을 할
뻔했다. 말 대신 가성은 얼른 중절모를 찾아 썼다.
이제 출근길에 제법 볕이 강해지는 시기였으니까.
빛이 너무 강하면 모든 게 하얗게, 아무것도 보이
지 않을 테니까.

7장. 마고의 목소리

세 번째 용의자—현초의, 윤박 교수의 조교이자 신인 소설가

"그건 내가 쓴 거예요, 내가, 조선어로 쓴 나의 소설이에요."

*

"내가 죽였어요, 그 인간도 아닌 자. 내가 윤박 그놈, 죽였어요."

　가성은 선주혜만큼 겉모습이 내면과 동떨어지

는 것 같은 사람은 없을 거라는 생각이 들었다. 활동이 편하도록 길이는 조금 짧았지만, 그는 흰색 저고리에 검은색 치마를 갖춰 입은 채였다. 가성은 자신의 고등학교 시절 은사들을 떠올렸다. 신념이 있고 강단 있던 사람들. 지금 선주혜가 경찰 소속인 자신의 눈을 마주치려 하지 않는 이유도 알 것 같았다. 그나마 가성이 여성이기 때문에 이 정도라도 말을 트는 것이리라. 선주혜는 미군정 체제 이전부터 여성 신문과 잡지에서 여성의 권리를 개선해야 한다고 주장하던 이였다. 역으로 그렇기에 『모던일본』과 『모던조선』의 편집장 자리를 맡은 것이기도 했다. 그래, 그러고 보니 가성은 고등학교를 다니던 시절 그 은사들을 정말 존경했다. 하지만, "선주혜 씨, 이건 순교 같은 게 아닙니다."

월요일 아침, 가성은 출근하자마자 준수에게 불려 가야 했다. 일적으로 준수가 가성을 먼저 찾는 경우는 드물기에 가성은 불길한 기분이 들었는데 역시나였다.

"골치 아프게 됐어. 다 된 사건에 재 뿌리는 격

이야. 선주혜 보통 계집이 아니네."

양준수가 구상한 사건의 결말은 이러했다. 조선공산당 당수이기도 했던 박헌영의 사돈의 팔촌의 이웃이 잠깐 윤선자 남편이 일하는 가게에 들른 사실이 있었다. 준수는 그걸 빌미로 윤선자를 범인으로 만들 생각이었다. 그런데 갑자기 잠적 상태였던 선주혜가 경찰서에 직접 나타난 것이다. 그것도 '자수'하겠다고 말이다. 문제는 선주혜가 자수하며 한 '말'이었다. 선주혜는 자신이 윤박을 죽였지만 그건 좌익 사범들에 의한 음모가 아니라는 것이었다. 그것은 그저 너절한 사생활을 가진 윤박에 대한 원한 살인이라는 거였다. 아무리 어르고 협박해도 선주혜는 요지부동. 양준수는 가성에게 선주혜를 만나보라고 했다.

"이곳에 만약 신이 있다면 그 신은 남자이고 좌익이거나 우익일 테죠. 여성과 아이와 노인의 목숨 따위 안중에도 없겠죠. 이 조선 땅에서 저 순교 같은 거 안 합니다."

선주혜의 단호한 모습에 가성의 한숨은 더 깊어졌다. 선주혜는 호텔 포엠에서 목격된 후 잠시간

실종 상태였다. 하지만 곧 선주혜는 서북청년회의 제주도 여성 성폭행 사건을 취재하러 간 사실이 밝혀졌다. 이미 여러 명이 선주혜를 제주도에서 목격했다.

"윤선자 씨의 억울함을 풀어주려고 하시는 거죠? 그의 남편도 선량한 사내인데 아무것도 모르고 좌익 사범으로 몰렸고요."

선주혜는 가성의 말에 그제야 가성과 눈을 마주쳤다. 선주혜는 이내 탄식과 함께 긴 숨을 내뱉었다. 선주혜의 주장은 이러했다. 이건 명백히 윤박이 순결주의를 이용하여 윤선자를 협박한 사건인데 윤선자가 과거에 몸을 파는 일을 했고 식모살이했던 이유만으로 범인으로 몰리고 있는 게 납득이 안 된다는 거였다.

"무엇보다 윤박 그자가 죽어 마땅한 것은······ 그자는 한 사람의 영혼까지 망가뜨렸어요. 한 사람이 모든 걸 바친 결과물들을 훔쳐 갔어요."

가성은 선주혜의 입에서 의외의 이름이 나올 거라는 예감이 들었다. 말을 하게 도와주는 것이 필요해 보였다. 가성은 주위를 한번 둘러보았다. 멀리 양준수가 미군들에게 담배를 빌려주고 있었다. 여기는 관심을 안 둘 테지.

"선주혜 씨, 혹시 현초의를 아세요?"

가성의 말에 선주혜는 지그시 눈을 감으며 입술을 깨물었다. 선주혜는 울고 있었다.

"제가 괜히, 글을 부탁해서, 그 사람을 죽게 만든 것 같습니다."

"저, 선주혜 씨. 지금 그게, 무슨 말씀이세요? 현초의 씨의 자살에 선주혜 씨가 관련이 있다는 것인가요?"

"저는 그런 것 같아요. 제가 현초의 씨한테 글을 하나 부탁했거든요. 물론 윤박 교수에게도 했죠. 소설은 윤박 교수가 더 빨리 보내왔어요. 그리고 마감이 다가왔을 때 현초의 씨가 저를 찾아왔었어요."

가성은 잠시 생각에 잠겼다. 가방 안에 있는 소설을 꺼내어 보여줄까 싶었다. 선주혜라면 그 소설이 누구의 것인지 단박에 알아낼 것이다. 하지만 사실 요즘 가성은 누구를 믿어야 할지 모르겠다고 느끼는 중이었다. 운서나 송화 빼고는 말이다. 경찰서 내부에서도 좌익 사범을 고발하는 일이 생기기 시작했다. 47년, 그러니까 작년 3월 1일 행사 때 좌익과 우익이 따로 행사를 진행하는 일이 생기면서부터 시민들 사이에서도 이념 논쟁이 시작되고 있었다. 게다가 서북청년회가 저지른 만행을 생각하면……. 가성은 검안의로 일하면서 범죄를 당한 여성들의 시신을 정말 많이 보았다. 하지만 그해, 제주도에서 취재를 마치고 돌아온 운서가 보여준 사진들은 충격 그 자체였다. 불로 달군 꼬치에 몸이 찔려 죽은 임산부와 윤간으로 음부가 처참히 희생된 여성들의 사진까지. 그러나 그때 가성이 느낀 것은 분노가 아니었다. 가성은 운서에게 최대한 거친 옷을 입고 가라고 사정했었다. 그저 여성처럼 보이면 모두 표적이 된다니, 그래, 가성은 그 정도인 사람이었다. 두려웠고 무서웠다. 서북청년회가 미국 하버드대를 나온 이 총재와 연관이 있다는 건 세상 모두가 아는 사실이었지만 미국이라는 뒷배경이 있고 곧 대통령이 될지도 모르는 그에게 맞설 사람은 없었다. 가성은 누군가 세상의 정의를 부르짖는다면 뒤에서 그 누군가를 지지할 수는 있어도 전면에 나서고 싶진 않았다. 세 개의 달이라는 것도 결국 연가성의 이름으로는 할 수 없는 일을 하는 거였다. 가성은 지금도 눈물을 흘리며 자신이 죄를 뒤집어쓰겠다는 선주혜 또한 완전히 믿을 순 없다는 사실에 고개를 조금 저어야 했다. 정작 선주혜는 굳게 다물었던 입을 가성 앞이라면 열 수 있다는 듯 이야기를 시작했다.

"저에게 윤박 교수가 보낸 원고를 보여달라 하더군요. 자신의 원고를 보낸 것 같다고 말이에요. 그때는 아주 황당했어요. 다짜고짜 다른 이의 원고를 보여달라는 것도 그렇고……. 보통, 뭐가 가짜라고 주장하는 사람들은 자신에게 있는 진품을 가지고 와서 보여주잖아요? 그런데 현초의는 윤박 교수의 글을 보면 자신의 것인지 알 수 있다고 보여달란 거였어요. 그래서 내가 말했죠. '그럼 현초의 씨 글은 어디에 있는데요? 그걸 누가 알 수 있죠?' 이렇게 말이에요. 그랬더니 현초의 씨가 그러더군요. 자신의 글을 윤박 교수가 문자 그대로 훔친 거라고요. 그러니까 원고를 통째로요."

선주혜는 앞에 놓인 물을 한 모금 마셨다. 아까보다 훨씬 진정된 얼굴이었다.

"그럼, 이런 말씀은 외람되지만. 아직 현초의 씨가 자신의 원고라고 주장한 원래의 원고는 못 보신 건가요?"

선주혜는 가성이 현초의를 못 믿을 수도 있다고 판단한 것 같았다. 가성의 말에 선주혜는 본격적으로 그날, 그러니까 현초의가 자신을 찾아온 날의 이야기를 하기 시작했다. 선주혜도 처음엔 현초의가 자신의 스승을 질투해서 무고하는 게 아닌가 의심했다고 했다. 그래서 하나의 방법을 생각해냈는데 바로 원고에 쓰인 문장이나 구절, 내용을 말해달라는 거였다. 물론 현초의는 별 망설임 없이 쓴 사람만이 알 수 있는 문장과 내용을 말했다. 이에 다음 날 선주혜는 호텔로 윤박 교수를 찾아갔다. 사실 확인을 위해서였다.

'그래서 그날 호텔에 갔었군요, 선주혜 씨.' 선주혜는 가성이 에리카를 만난 것을 모르고 있을 테니 꺼내어 말하진 않았다. 그런데 에리카도 마찬가지였다. 싸우는 것만 봤을 테니까. 가성은 그 뒷

이야기는 안 들어도 알 것만 같았다. 윤박 교수는 단 하나의 문장이나 구절도 말하지 못했다. 처음에 윤박은 선주혜 앞에서 죄인처럼 굴었다. 하지만 선주혜가 다음 날 신문에 이 사실을 알리고 현초의 소설로 글을 싣겠다고 하니 이내 돌변했다.

"윤박 그 인간이 뭐라고 한 줄 아세요? 증거를 대라는 거예요. 자신이 이걸 쓰지 않았다는 증거요. 누가 현초의 말을 믿겠냐는 거죠."

선주혜는 분노로 얼굴이 붉어졌다. 가성은 이내 가방에서 편지 봉투 하나를 꺼내 선주혜에게 내밀었다. 물을 마시며 봉투 속 글을 읽던 선주혜의 눈이 점점 커졌고, 곧 가성과 편지를 번갈아 바라봤다. 가성은 옅은 한숨과 함께 고개를 끄덕였다.

"경찰과는 관련이 없어요. 기자를 통해 얻은 거예요. 윤선자 씨 집에서 발견되었고요. 표정 보니까 현초의 씨의 글, 맞나 보네요. 그 잡지에 실으려고 하시던 글요."

윤선자 씨 집에서 이걸요? 선주혜는 이제 혼란으로 얼굴이 붉어지고 있었다. 가성은 자신 또한 그것이 의문이라고 했다. 한참이나 선주혜는 두 손을 기도하듯 모으고 입술을 깨물며 무언가를 생각하는 눈치였다.

"이제, 알 거 같네요. 연가성 씨, 연가성 선생님이라 하셨죠?"

"네, 맞아요."

"연 선생님, 아무래도 윤박이 윤선자 씨에게 필사하라고 시킨 것 같아요. 제가 받은 그 원고와 이 글 내용은 같은데 필체가 달라요. 아마, 윤선자 씨를 협박했을 거예요."

현초의는 마지막까지 자신의 이름으로 원고가 발표되길 고대했을 것이다. 하지만 선주혜는 그날 윤박 교수와 큰 다툼을 벌였고 이른바 친미, 친일 소굴로 악명이 자자한 88구락부로 추정되는 인물들에게 붙들려 알 수 없는 곳에 감금되었다고 했다. 김구의 목숨을 노린다는 그들요? 연가성의 말에 선주혜는 고개를 끄덕였다. 제주도도 그 후의 일이었다. 그들은 신문에 윤박 교수의 살인 사건이 나오고 일이 커지자 선주혜를 그냥 풀어준 거였다. 그렇게 선주혜에게는 공백이 생겼다. 선주혜가 편집장의 자리를 비운 사이 현초의의 원고는 윤박의 이름으로 세상에 공개되었다. 그렇게 현초의는 이름도 없이 목을 매 자살했다. 그러니까 결국 윤박은 자신의 위치를 이용해 선주혜, 현초의, 윤선자 이 세 명의 여인들을 죄책감으로 얽히게 하려고 한 것이다. 가성은 이 사건의 그림들이 그려지는 것 같았다. 단 한 명, 에리카라는 그림 빼고 말이다. 가성은 에리카를 직접 언급하는 것보다는 선주혜에게 현초의에 대해 묻는 것이 빠를 것 같다는 생각이 들었다.

"선주혜 씨, 그러면 현초의 씨는 뭔가 윤박의 그림자 같은 존재였나요?"

"그림자, 라기보다는…… 저의 느낌으로는 뭐랄까요. 윤박이 무조건 다른 이들보다 빛나야 직성이 풀려 했다면 현초의는 다른 이들과 함께 빛나길 바라는 사람 같았다고나 할까요? 가령 윤박은 함께 한 작업물에도 자신의 이름이 맨 앞에 오길 바랐죠. 하지만 태양과 달이 서로 다르게 빛나는 것처럼, 태양만큼 화려하진 못해도 달빛이 태양보다 못한 건 아니니까요."

가성은 달이라는 말에 잠시 멈칫거렸다. 그래,
태양은 다른 별의 빛까지 삼키지만 달은 태양의
빛을 반사해서 태양 빛이 닿지 않는 밤 동안의 지
구를 비춰준다.

"그렇군요. 선주혜 씨, 호텔 포엠의 사장 에리카
아시죠? 사건이 그곳에서 일어났기 때문에 저도
그분을 뵈었죠. 그런데 그분이 현초의 씨를 한 번
도 뵌 적이 없다고 하길래 여쭈었습니다. 수사 때
문에요."

가성의 말에 선주혜는 다시 의아한 표정으로 돌
아와 있었다. "지금 뭘 들은 거죠?" 하던 선주혜는
정말이지 이해가 되지 않는다는 투였다.

"에리카가, 현초의를 모른다고 해요? 에리카와
현초의는 아주 오래전부터 동무로 자라왔어요. 정
확히 말하면, 현초의의 어머니가 에리카를 거둔
것이지만요. 물론 이 사실을 아는 사람은 거의 없
을 거예요. 왜냐하면……."

왜인지 선주혜는 조금 망설이는 눈치였다. 그러
더니 이내 고개를 저었다.

"취재원에 대해 말하는 게 맞는지 모르겠지만,

지금으로서는 윤선자 씨의 목숨 줄이 달린 문제니까 말할게요. 그게, 에리카가 수술을 받은 세브란스, 그 병원 기록 보면 나올 거예요. 제가 그때 기획기사를 담당한 편집자여서 잘 알아요."

수술? 세브란스? 가성은 순간 스치듯 떠오르는 기사가 하나 있었다. 1940년 세브란스에서 최초로 시행된 간성인 수술. 그 수술을 집도한 사람 중 한 명이 가성의 스승이기도 했다. 하지만 그 수술을 받은 사람은 남성과 여성의 성 중에 남성을 선택했었다. 물론 간성이라고 해서 모두 둘 중 하나의 성을 택하는 것은 아니었다. 다만 그는 아름다운 외모로 인해 어린 시절 자신의 부모를 죽인 일본인 포주에게 팔렸고 이후 여성으로 키워졌다고 했다. 그 일본인 포주는 그를 사람들 앞에 성기가 두 개인 괴물로 전시해서 돈을 벌었다. 은인의 도움으로 도망친 그는 애당초 스스로를 남성이라고 생각했으니 이제 그 삶을 살고 싶다고 했다. 그러나 그 마음 아픈 이야기에 신문들은 그가 '날로 남성이 되려 먹는' 여자라고 공분했다. 감히 군대도 안 간 여자가, 이렇게 시작되는 기사들이었다. 하지만…… 가성은 그런 생각이 들었다. 만약 정말 그때 그 사람이 에리카라면, 에리카는 어째서 지금의 모습으로 살아가고 있는 걸까. 선주혜를 집으로 돌려보낸 가성은 퇴근 후 에리카를 찾아가야겠다고 생각했다. 하지만 그 전에 자신이 꼭 확인해야 할 일이 있을 것 같았다. 그리고 그건 아쉽게도 이든에게 도움을 청해야 할 일이었다. 가성은 윤박의 시신을 검안해야 할 것 같았다. 미국에 있는 가족들이 장례를 위해 시신 훼손을 막아달라고 부탁했으니 아직 볼 수 있을 것이다.

안치소로 향하는 길 내내, 이든은 이곳은 너무 어둡네요, 빛이 필요하겠어요, 그렇게 중얼거리면서도 미소를 잃지 않는 중이었다. 하지만 가성이 안치소 문을 열자 포르말린 냄새가 훅 끼쳐왔고, 이든은 자신도 모르게 눈살을 찌푸리고 고개를 돌렸다.

"어두워야 더 안전한 곳도 있습니다. 시체가 변질되지 않게 해주는 거죠."

가성은 그렇게 말하면서도 이든에게 감사하다

는 말을 덧붙였다. 이윽고 가성은 꽤나 꼼꼼하게 싸여 보관되어 있던 젊은 사내의 얼굴을 바라보았다. 가성이 검안의가 되고자 했을 때 선배들은, 그래도 의사가 칼을 들 때는 삶을 위해 들어야 하지 않겠냐 했었다. 하지만 가성이 생각하기에 대부분의 죽음은 그 자체로 끝나지 않고 남아 있는 삶과 연결되곤 했다. 꼭 범죄가 아니더라도 말이다. 누군가를 기억하거나 애도하면 죽었어도 살아 있는 것처럼 느껴지기도 했고 반대로 살아 있어도 잊혀져버리면 없는 사람이나 다름없었다. 그렇기에 가성은 가끔 삶과 죽음의 경계를 잘 모르겠다는 생각이 들곤 했다. 죽은 이와 살아 있는 이, 누구를 위로해야 하는지도 말이다. 하지만 이상했다. 윤박을 보자마자 가성은 마음속에서 그자가 죽었다고 단언하고 있었다. 이자가 아니라면 지금 여기에 그 세 여성 중 한 명이 누워 있을지도 모른다는 생각 때문이었을 것이다. 가성은 가볍게 고개를 저어 생각을 밀어내고 집중해서 검안을 시작했다.

우선 윤박의 얼굴과 몸에 타박상이나 찰과상으로 생긴 상처가 있는지부터 살폈다. 얼굴은 깨끗

했다. 팔에 멍이 몇 군데 있었으나 멍은 사후에 뚜렷해지는 경우도 있기에 우선 판단을 미뤄두었다. 손톱 몇 개가 빠져 있었다. 자백한 미군의 말에 의하면 그는 윤박의 뒤에서 목을 졸라 살해했다고 했으니 그의 말이 확실하다면 아마 버둥거리다 바닥이나 벽을 긁으면서 발생했을 것이다. 가성은 윤박의 머리칼과 남은 손톱과 발톱을 조금씩 잘라 샘플로 남겨두었다. 이윽고 메스를 들었을 때였다. 가성은 이든의 표정을 살폈다. 전장에 그렇게 오래 있었다면서 가성을 보는 이든의 표정에는 마치 숲속에서 길을 잃은 중세의 교황이 실제 마녀를 마주쳤을 때와 같은 미지의 공포감이 있었다. 사람들은 죽음의 값이 정말 다르다고 믿는 걸까. 전쟁 상황이니 어쩔 수 없다고, 이념이 다르니 어쩔 수 없다고 말하는 사람들을 가성은 많이 보았다. 살상을 저지르고도 그렇게 말하던 사람들 말이다.

"뭔가, 이상한 점이 있나요?"

가성이 장갑과 장화를 벗고 구석에 마련된 책상에 앉았을 때였다. 이든은 잔기침을 참으려 애쓰며 가성에게 조심스레 물어왔다. 사실 칼 등의 도구를 가지고 살인을 저지르는 것은 대부분 여성들이다. 특히나 여성이 남성을 살해할 때는 더 그랬다. 그게 아니라면 약물을 쓴다. 왜냐면 그들은 남자에 비해 완력이 약하기 때문이다. 하지만 윤박의 경우는…… 목 앞쪽으로 규칙적인 졸린 흔적이 있고 주변으로 타박상과 찰과상의 흔적이 있었다. 그리고 뒷목 뼈가 손상되었다. 만약 끈이나 철사와 같은 도구로 목을 졸랐다면 목 졸림 흔적은 훨씬 불규칙적일 것이다. 그렇다면 확실히 윤박의 경우는…….

"명백하네요. 진범이."

8장. 보통의 사랑, 기이한 이별

"그래도 죽이실 것까진 없었잖아요?"

에리카 씨. 아니다, 심철환 씨. 운서는 이제 정말 여름 같아요, 하고 손부채질을 하며 에리카를 향해 싱긋 웃어 보였다.

"아휴, 또 그 모르겠다는 표정. 그러니까, 1940년 세브란스에서 최초의 간성인 수술을 받으셨던 분. 현초의와는 가족처럼 지내온, 여학교 시절부터의 연인. 경성제대 경영과를 나온 수재."

이어지는 운서의 말에도 에리카는 평소처럼 당황한 기색이 전혀 없었다. 아무래도 짙은 눈 화장 때문일까 싶기도 했다. 해방 후 서울에서는 한 듯

안 한 듯한 화장법이 유행이었다. 물자가 없어서 화장품이 귀하기도 했지만 사실 미군들의 취향이 그러했다. 그런 서울 복판에서 에리카의 화장법과 화사하지 않은 검은색 레이스가 화려한 옷은 연일 여성들 사이에서 화제였다. 그러나 남자들은, 앞에서는 에리카에게 굽신대고 뒤에서는 에리카를 '마녀'라고 불렀다. 잠시 운서를 보던 에리카가 이윽고 활짝 웃으며 입을 열었다. 운서는 자신 앞에서 에리카가 그렇게 웃는 건 처음인 것 같다는 생각을 했다. 누군가 가성을 보면서도 이런 생각을 할까.

"남자들은 그저 여자처럼, 이면 환장을 하니까요. 여자의 몸뚱이만 보면 그러니까."

복수라면 여인의 이름으로 하고 싶었으니까요, 그러다가 이렇게 상처를 입기도 했지만요. 에리카는 팔뚝에 난 상처 위로 장갑을 조금 더 끌어올렸다. 운서는 가만히 에리카의 팔을 보다가 물었다.

"윤선자 씨가 윤박 교수에게 폭행당했을 때 생긴 상처죠? 당신은 아마 달려들어 말렸을 테니까요."

그러다가 우발적으로 죽인 건가요? 운서는 이 말을 하지는 않았다. 아직 물어볼 게 많았다.

"그래요. 나도 무수한 남자들한테 맞았으니까 요, 내가 아직 여자였을 때요."

그렇게 덧붙인 에리카가 뜨거운 커피를 운서 앞에 건넸다. 그러고는 책상에 반쯤 걸터앉아 운서를 바라보았다. 여유가 느껴졌다.

"기자님, 그런데 그 책은 돌려주세요. 초의에게 받은 선물이라서요."

"에이, 에리카 님도 참. 이거 주요 증거품인데 경찰에 가져다줘야 하지 않을까요? 사실 제가 사진을 몰래 찍어두긴 했지만요. 지금 댁이 벌인 일 때문에 무고한 윤선자 씨 집안이 날아가게 생겼단 말이죠. 제가 연민의 마음이 좀 깊어서 말이죠."

"그래요? 세 개의 달과 함께 다니시는 분치고는 법을 잘 지키시네요. 하지만 그분이 그걸 받으실까. 세 개의 달 아니, 연가성 씨가요."

연가성이라는 이름에 운서는 마시던 커피를 반쯤 내뱉었다. 얼마 전 바꿔 단 모조 진주에 커피 얼룩이 번지고 있었다. 연가성이 세 개의 달이라는 걸 아는 사람이 있었다니. 역시 서울 바닥에 모르는 게 없다는 호텔 포엠의 사장다웠다. 운서는 커피를 닦을 새도 없이 가방에서 에리카의 책을 꺼내 들었다. 막상 에리카는 운서가 건넨 책을 그저 바라만 보고 있었다.

"초의가 읽어주던 구라파나 아메리카, 그리고 일본의 추리소설을 들어보면 범인이 잡히는 순간 긴장감이 엄청나던데 현실은 그와 좀 다르군요."

운서는 에리카가 무슨 말을 하려는지 종잡을 수 없어서 혼란스러웠다. 가성의 이름이 나온 순간 운서는 그저 가성의 신변을 보호해야 한다는 생각뿐이었다. 운서는 자신이 가성과는 상관없이 오늘 이곳에 온 것임을 부러 강조했다. 다시 정치부에 가고 싶을 뿐이라고 떠들어댔다. 가성의 어머니는 재조 일본인, 가성의 아버지는 월북한 지식인. 그러니까 가성은 좌익 사범으로 가장 적절한 조건을 가진 사람이었다. 경찰에 어떤 식으로든 덜미가 잡히면 끝이었다. 에리카는 운서가 건넨 책을 받지 않은 채 건너편 소파로 옮겨 앉았다. 잠시, 다른 이야기 좀 할까요? 하면서.

"권운서 기자님, 곧 조선은 두 개의 나라가 될 거예요. 어쩌면 세 개겠네요. 중화인민공화국까지 더해져서. 큰 난리가 나겠죠, 이곳. 피할 수 있다면 피하는 게 제일이고요. 사랑하는 사람과 함께라면 낯선 곳도 문제가 아니잖아요?"

운서는 갑작스러운 에리카의 말이 무엇을 의미하는지 혼란스러웠다. 곧 남조선 땅에 단독정권이 수립될 예정이었다. 그러고 나면 미군은 철수한다. 그사이 북조선과 소련이 남침이라도 한다는 건가? 잠시만, 그 전에. 그게 지금 이 사건과 무슨 연관이란 말인가.

"에리카 씨, 무슨 말씀을 하고 싶으신 거죠? 이런 말을 하신다고 해서 내가 당신을 대단한 스파이이라고 치켜세워주길 바라시는 것도 아닐 텐데요. 아니면 스파이라는 소문이 사실이라고 자백하시겠다는 건가?"

"권운서 씨. 내가 스파이인 것은 잘 모르겠어요. 하지만 나는 이건 잘 압니다. 나라에 그런 비극이 일어나면 가장 위험해지는 것은 여성과 어린아이, 노인이나 변태 성욕자, 길거리 노동자처럼 보호받지 못하는 사람들입니다. 그리고 이 나라엔 하나 더 있죠, 바로 좌익으로 몰릴 만한 사람들. 그러니까 연가성과 같은 사람요."

운서는 마른침을 한 번 삼켰다. 에리카의 표정은 무거웠다.

"그리고 무엇보다 권운서 당신은 적어도 나를 이해할 것 같았어요. 초의를 위해 어떤 일이든 해주고 싶었던 나를 말이죠. 그렇게 놀란 얼굴 그만해요. 나 이래 봬도 마음먹은 사람들 과거 정도는 알 수 있는 호텔 포엠 사장이니까요."

운서는 손에 땀이 배어 나오는 걸 느끼고 있었다. 더워졌다 한들 초여름이었는데, 참 이상했다. 자꾸만 손에 든 책이 미끄러지고 있었다. 빛이 사라지면 너에게로 갈게. 이 문장을 못 본 척할걸 그랬다는 생각까지 들었다. 하지만 그 순간, 한편으로는 에리카가 처음으로 자신에게 진짜 얼굴을 보인다고 느껴지기도 했다. 그러니, 에리카의 저 말은 진실일 것이다.

"권운서 당신이 폭력을 일삼던 연가성의 남편에게 돈을 쥐여주고 이혼하게끔 한 것을 알고 있어요. 사람들 참 이상해, 시집가면 그 집에서 죽으라는 말이나 하고 말이에요. 하지만 연가성이 그 집에 계속 있었다면 정말 죽었을 거예요. 맞아 죽거나 아니면 미쳐서 죽어버렸거나. 당신이 연가성을 이혼녀로 만든 게 아니라…… 당신이 살렸죠, 그 사람."

나도 초의에게 그렇게 하고 싶었어요, 물론 나는 초의를 지키지 못했지만요. 운서는 에리카가 그 말 대신 이 말을 하고 있다고 느꼈다. 그래, 운서는 가성을 살리기 위해 법을 어겨가며 돈 전부를 줬다. 여자는 남편에게 맞아 죽어도 법의 심판을 제대로 받지 못하는 때니까. 하지만 그래도 살인은 해서는 안 될 일이었다. 현초의도 에리카가 살인범이 되는 걸 원치 않았을 거였다. 에리카는 자리에서 일어나 팔짱을 끼고 창문에 기대어 선 채 말을 이어갔다.

"원하시는 이야기 다시 해드리죠. 이제 권운서 기자님도 면면을 봐서 알겠지만 그자는 친미 세력을 등에 업고 해선 안 될 짓을 많이 했어요. 선주혜는 그나마 말할 수 있는 힘이라도 있었죠. 그럼에도 그자에게 속수무책. 윤선자는 어때요? 성 노예처럼 살았어요. 든든한 배경도 말할 방법도 없는 윤선자에게 초의의 글을 베끼도록 해서 서로를 원수처럼 느끼게끔. 그리고 초의는…… 그자에게 영혼을 빼앗겼어요, 노력을 빼앗겼어요. 윤박이 죽지 않았다면 이제 또 다른 여자들이 그렇게 당했겠죠. 안 그래요? 왜냐면 그자에게는 여자들의 목숨은 별거 아니거든요. 자신보다 약한 자들은 아무것도 아닌 거예요. 윤박 그자는 죽어 마땅해요."

"에리카 씨. 당신이 무슨 말 하는지, 충분히 알아요. 그래요. 나는 누리고 살았으니까. 사내로 키워지고 싶지 않았지만 사내로 키워졌으니 이런 상황에서 정말 할 말이 없는 나입니다만, 그래도 할게요. 그렇다고 모두가 사람을 죽이진 않아요."

에리카는 말없이 그런 운서를 보며 미소 지었다. 곧 에리카가 천천히 모자를 벗었다. 챙이 넓은 모자 속 가려진 에리카는 여느 사내들처럼 아주 짧은 머리였다. 그러더니 이내 손에 늘 착용하던 장갑도 벗어 보였다. 이제 에리카는 누가 봐도 그저 화장을 진하게 한 남성처럼 보였다. 용모라는 게 뭘까. 항상 여자처럼 보이고 싶어서 꾸미는 운서였지만 그 순간 그런 생각에 마음이 무거워졌다.

"어릴 때였죠. 말을 듣지 않으면 위생 박람회에 전시품으로 팔아버리겠다는 말이 무서웠어요. 실제 거기는 대만인도, 아프리카 원주민도 산 채로 전시되었잖아요? 단지 다르다는 이유로."

남성과 여성이 한 몸에 있는 것은 당연히 잘못된 것이 아니다. 그렇기에 에리카도, 그의 부모도 에리카가 두 가지 성을 가진 것에 큰 관심을 두지 않고 살아가고 있었다. 농사에 필요한 것은 아들이었기에 계속 남자아이로 키워졌을 수도 있고 후에 의사에 따라 여자의 삶을 선택할 수도 있고 혹은 두 가지의 성을 다 가지고 살아갔을 수도 있었다. 운서는 폭력의 가장 위험한 측면이 그거라고 생각했다, 가능성의 삭제. 에리카는 그때 그 모든 가능성을 빼앗긴 것이다. 평범한 농부였던 부모가 일제에 땅을 빼앗기고 항의하다 끌려간 후였다. 에리카는 곧 일본인 포주에게 팔렸다. 이유는 하나였다. '신기해서.' 신기한 괴물이라서 돈이 될 것 같아서였다. 아직 초급 중학교 학생이었던 현초의는 길에서 에리카를 구경시키던 사람을 들이받았다.

"왜 사람을 쇠사슬로 묶은 거예요?"

그날 현초의와 에리카는 동시에 붙들렸고, 초의의 어머니인 베로니카 선교사는 거의 집 한 채 가격을 내고서야 둘을 빼내 올 수 있었다.

"원래 검소한 사람들이 나 때문에 더 검소하게 살아가야만 했어요. 그러고도 나를 수술까지 시켜 준 사람들이에요, 내게 희망을 준 사람들이에요. 초의와의 미래를 꿈꿀 수도 있게, 나로 살 수 있게……."

에리카의 짙은 눈 화장이 눈물과 함께 흘러내리고 있었다. 울고 있었지만 알 것 같았다. 에리카가 그 시절을 얼마나 행복해했는지 말이다.

"그런데 권운서 기자님, 이런 내가 말이에요."

에리카의 얼굴은 아까보다 가뿐해 보였다.

"안타깝게도 윤박을 죽이지 못했어요. 아니, 죽일 수가 없었어요. 초의는 내가 살인범이 되는 걸 바라지 않을 것 같았으니까요. 초의가 항상 그랬거든요. 폭력에 폭력으로 맞서는 건 전쟁을 일으

킨 제국들이나 하는 짓이라고요. 소설 속 그런 남
성들 이야기가 이젠 싫다고요."

그러게, 자신 또한 윤박을 셋 중 누가 죽여도 이
상하지 않다고 생각하지 않았는가. 괴물? 대체 누
가 괴물이란 말인가. 이런 생각에 잠겨 있던 운서
는 에리카의 말에 퍼뜩 고개를 들었다. 에리카는
그 남자를 죽이지 않았다고?

"그 미군이, 그 남자가 알아서 죽이더군요. 그
미국 남자가 조선 남자를 말이에요."

*

운서는 아까부터 돌들이 쩍쩍 갈라져서 물길이
새어 나오고 있는 서울 도심 바닥을 바라보며 걷
고 있었다. 사람들의 수많은 신발이 가까이 왔다
멀어지고 멀어졌다 가까이 오고, 그렇게 서로 교
차하며 나아가고 있었다. 이 사람들, 비슷해 보여
도 다 다른 얼굴들이겠지. 운서가 멈춰 섰을 때 눈
앞에 가장 먼저 보인 건 전차를 기다리는 사람들
의 긴 줄이었다. 그리고 그 건너편 보이는 청계천

밥집들. 운서는 자신과 가성이 결혼 직전 종로 금은방에 함께 갔던 날을 떠올렸다. 그때 운서는 가성에게 회중시계를 선물했었다. 세 개의 달이 점점 겹쳐져서 하나가 되는 문양을 새겨서 주었다. 운서는 태양과 달리 여러 모양을 가진 달이 가성에게 더 어울린다고 생각했다. 그리고 또 하나, 어릴 적 가성의 별명 때문이었다. 가성은 마고할멈이라고 불렸다. 어두운색만 입고 잘 웃지 않는 어린아이. 아이란 자고로 씩씩하거나 용감해야 했다. 남자아이라면 말 없는 것이 진중함에 속할지도 모르겠다. 하지만 여자아이들은 항상 밝고 귀여워야 했다. 웃지 않는 가성은 어른에게도 아이에게도 인기가 없었다. 마고. 나이를 먹고 외국 문학을 접한 운서는 책 속에서 마고와 마녀가 비슷하다고 생각했다. 약을 만들던 연금술사도, 종교의 핍박을 벗어나려고 했던 사람들도, 남성의 억압에 굴복하지 않던 여성들도 모두 마녀라 불렸으니까. 그리고 이들 마녀는 달밤이 떠오르는 날에 활동했다. 밝은 태양 아래서 그들은 활동할 수 없는 사람들이었으니까. 잔 다르크라는 여성이 마녀라고 불리며 화형에 처해지던 그 역사책에서 운서는 그만 눈을 감아버렸다.

그때부터였을 것이다. 운서는 감히 자신과 가성이 이어진다는 생각을 하지 못했다. 자신은 여성의 삶을 살 건데, 그렇게 되면 가성에게 짐만 될 것이다. 늘 가성이 말하던 간호원 안나 서와 소설가 윤경준, 아니, 윤경아라는 사람처럼 자신도 가성도 그 처지가 될 게 뻔했다. 그래서 운서는 가성의 혼인이 결정되던 때 자신의 혼인도 서둘렀다. 물론 혼인의 상대자에게 사죄하고 무를 생각이었다. 그 여성의 인생까지 망칠 생각은 없었으니 말이다. 가성에게는 그 모든 걸 비밀로 했다. 다만 그런다 해도 마음만은 쉽게 가라앉지 않았다. 시간이라는 걸 돌릴 수 있다면 좋겠다는 마음들. 운서는 그 마음과 함께 자신과 가성의 시간을 그 회중시계 안에 가두기로 했었다. 언젠가 가성이 말해준 것처럼 지구 인간들의 시간은 아주 찰나일 뿐이니까.

정작 그날 회중시계를 받은 가성은 아무 말이 없었다. 시계를 사고 국밥을 먹으러 가서도 어쩐지 먹는 둥 마는 둥 했다. 가성은 어릴 때부터 표정도 없고 욕심도 없고 투정도 없는 아이. 욕심부리고 투정 부려서 달라질 것 없는 환경에서 너무 오래 방치되어 그런 것이라는 것을, 운서는 가성을 오래 안 후에야 깨달았다. 운서는 가성과 반대였다. 운서는 모든 걸 다 얼굴에 드러내는 아이였다. 운서는 자신의 감정이 얼굴에 드러날까 두려워 밥을 계속 밀어 넣고 있었다. 가성은 운서의 그릇에 고기를 몇 점 옮겨놓고는 한참을 더 운서가 먹는 모습을 바라보기만 했다. 그런 가성이 겨우 꺼낸 말은 이거였다.

"운서야, 너는 태양이 원래 뭐였는지 알아?"

"연가회 정말 너무하네. 그래, 니가 의대생이라 이거지. 몰라, 몰라. 나 몰라."

가성은 운서의 말에 웃음을 터뜨렸다. 가희 네가 웃어서 다행이다, 운서는 그런 생각을 하며 농을 쳤다. '혹시 일본 제국의 태양 어쩌고 그 이야기 하려는 거 아니지? 아니면 저기 영국? 태양이 지지 않는 나라? 둘 다 제국이긴 하네.' 운서가 그런 말을 하며 국밥을 마저 삼키자 가성은 운서를 보며 이렇게 말했었다.

"태양도 그냥 무수한 별 중에 하나래. 너무 밝아서 주변 별들의 빛을 다 가져가버리지만 말이야. 태양이 너무 빛나면 오히려 아무것도 안 보이잖아."

"그래? 태양이 별이라고 하니 느낌이 묘하네. 너무 밝아서 그런가? 어쩐지, 난 어릴 때부터 달이 좋더라. 내 뽀얀 피부 유지하는데도 그렇고. 야, 너도 잘 생각해봐. 마고할멈은 피부도 좋을 거야, 달빛 타고 다닐 거니까."

그 말을 하며 운서는 가성의 얼굴색을 살폈었다. '가희야, 기억나니? 우리가 창고에 갇혔을 때. 울면서 잠도 못 자고 떨고 있던 나를 네가 가만히 불렀잖아. 안경도 반쯤 깨져서 잘 안 보였을 텐데, 너는 나를 조심스레 당겨서 부서진 창고 위 지붕을 가리켰어. 거기에 동그란 달이 빛나고 있었지. 어찌나 밝든지. 사람들은 몰라, 네가 웃지 않아서 네 안의 밝음을 몰라. 그들은 보이는 것만 보니까. 하지만 나는 알아. 그래서 나는 네가 웃든 울든 네가 좋았어, 마고라도 상관없이.'

그 생각을 하니 운서는 그때처럼 눈물이 나올

것 같았다. 당장 얼마 후면 가성을 다시 못 볼 거였다. 물론 가성과 함께 몰래 도망치는 것도 생각해 보지 않은 건 아니었다. 하지만…….

"그래. 태양에 가려서 보이지는 않아도 각자 빛나고 있으니까…… 너무 환한 빛이 다 사라지면 그땐 갈 수 있을 테니까. 운서 너도 네 모습대로 살아."

운서의 말에 가성은 그렇게 답하더니 이내 고개를 숙이고 밥을 먹기 시작했다. 운서는 가성의 뺨을 타고 흘러내리는 눈물을 보며 중얼거렸다.

"너, 가희 말고 가성이 해. 별 성, 가장 빛나는 별 아니더라도 가장 아름다운 별. 태양 같은 거 눌러라, 네가."

그때 가성은 운서의 말에 대답하는 대신 운서의 신발 끈이 풀렸다며 운서 앞에 한쪽 무릎을 꿇고 앉아 신발 끈을 묶어주었다.

우리 같이 떠나자, 가희야. 이 말을 여러 번 삼키면서 운서는 생각했다. 자신이 정말 원하는 게 뭘까. 그건 가성이 행복해지는 거였다. 더 멀리 가서 얽매고 있는 모든 것에서 멀어지기를. 아무리 생각해도 그 방법은, 여성으로서 그 방법은 결혼밖에 없는 것 같았다. 가성은 그때 혼자서도 잘 살아갈 수 있다고 했었는데, 결혼은 하지 않아도 좋다고 했었는데. 훗날 운서는 그때를 자주 떠올리며 후회했었다. 그래서 이혼을 하고 가희가 아닌 가성이 되었을 때 운서는 가성 앞에 바로 나서지 못했다. 그저 달이 지구를 맴도는 것처럼 가성의 곁을 맴돌았다.

"누가 운서 네 생각하나봐."

운서가 퍼뜩 고개를 든 건 그 무수한 신발 중 익숙한 신발이 자신의 앞에 섰을 때였다. 물론 그 신발이 아니더라도 운서는 알아보았겠지. 가성이었다.

"권운서 너 신발 끈 풀렸거든."

어느새 가성이 들고 있던 가방을 바닥에 내려두고 그날처럼 한쪽 무릎을 꿇은 채 신발 끈을 묶어주고 있었다.

"운서야, 이상한 게 있어. 오늘 내가 그 윤박 시신을 검안했거든. 가족들 요청으로 아직 장례를 안 치러서."

　가성은 시신을 검안했지만 미군이 진술한 대로 목을 졸라서 살해한 게 맞는 거 같다고, 진범은 미군이 확실하다고 말했다. 그러면서 대체 에리카가 왜 거짓말을 했는지 모르겠다고 중얼거렸다. 그사이, 운서의 신발 끈은 다시 양쪽 균형이 맞는 리본 형태가 되어가고 있었다.

　"그런데 말이야, 오늘 한국은행에서 요청이 와서 가보니까 에리카가 큰돈을 보냈어. 사건은 해결된 것 같다고 말이야. 정말 큰돈이야. 뭐라고 말해야 실감이 나려나……. 너랑 나랑 아메리카도 갈 수 있을 정도의 돈."

　에리카라는 말에 멍하니 가성을 보던 운서는 서서히 제자리로 돌아왔다. 이제 이 반도는 곧 소용돌이칠 거라던 에리카의 말. 에리카는 아무래도 북조선의 스파이일까. 그럴 때 가장 위험한 것은 여성과 노인과 아이와 자신과 같은 변태 성욕자로 지목된 이들이라는 그 말. 에리카의 말이 아니더라도 사실 그건 거짓이 아니었다. 서북청년회의 취재에서 이미 똑똑히 보았었다. 그리고 그들은 아직도 제주도에서 살상을 저지르는 중이었다. 아니, 오히려 그들은 미군정의 지원을 받아가며 세력을 넓히는 중이었다. 가성도 곧 표적이 될 것이다. 가성은 이곳을 떠나는 게 맞을 것이다. '가성아, 우리 같이 여길 떠나자. 송화 씨가 걸리면 에리카에게 부탁해보자.' 이 말을 꺼내려던 운서는 그러나 멈춰 섰다. 가성의 주민증으로 배를 탈 수 있을까. 미국으로 들어갈 수 있을까……. 운서는 한 걸음 뒤로 물러섰고 가성은 갑자기 발을 빼고 뒤로 물러서는 운서를 의아한 듯 올려보았다.

"가성아, 너 이든 대위 따라서 미국 가."

뭐? 가성은 뭔가 잘못 들은 사람처럼 고개를 갸웃거렸다. 운서는 가성이 이든 대위에게 거절을 표한 것을 잘 알고 있었다.

"연가성, 네가 가지 않으면 내가 갈 거야. 너 빨갱이라서 같이 있으면 나랑 송화까지 죽어나가. 내 주민증 가지고 네가 떠나."

운서는 점점 어두워지는 가성의 얼굴을 보다 곧장 뒤돌아 걷기 시작했다. 가성이 울게 될까, 울지 마 가성아, 내가 미안해. 운서는 자신도 모르게 미안하다는 말을 중얼거리며 점점 걸음을 빨리했다. 그러다 이내 무언가로부터 도망치듯이 뛰기 시작했다. 이제 곧 정말 여름이었다. 식물을 자라게 한다는 그 태양, 그러나 여름의 한가운데 태양 빛이 너무 강해지면 식물들은 그대로 말라 죽었다. 그 태양이 운서의 등 뒤로 칼을 꽂듯이 내리쬐고 있었다. 파괴된 집들, 꺼져가는 도로, 더운 공기 속에서 부채 하나로 오염된 물을 마시며 버티는 서울 사람들 아니, 얼마 전까지는 경성 사람들. 우리는 이제 또 어떤 사람들이 될까. 그런 서울 시내 어디든 숨을 곳은 없어 보였다. 운서는 가성이 이곳에서 벗어나기만 하면 된다는 마음으로, 그렇게 어딘지 모를 곳을 향해 내달렸다.

에필로그. 빛을 넘고 시간을 되돌려

"권운서 님, 프리다 권. 계신가요? 접종 차례예요. 이쪽으로 오세요."

가성은 한동안 자신을 부르는 소리에도 멍하니 창밖을 바라보고 있었다. 4년 만에 온 서울은 모든 것이 파괴된 것만 같았다. 화신백화점은 미군의 PX로 활용되고 있었다. 폭격이 언제 다시 시작될지 모르는 거리. 1·4후퇴 때 적응을 해서인지 서울 시민들은 대부분 짐을 풀지 않고 있다 했다. 낮에 보았던 용문시장의 북적임이 오히려 낯설어 보이는 도시가 되어 있었다.

"권운서 님, 계신가요?"

가성은 그제야 퍼뜩 정신을 차리고 손을 들었다. 지난 3년을 권운서로, 그리고 보스턴에서는 프리다로 살았었다. 에리카가 아닌 심철환의 이름으로, 에리카가 이중 스파이로 지목되어 처형되었다는 뉴스가 나올 때 가성은 이든 집안 여인들이 착용한다는 진주 목걸이를 목에 대어보며 누군가의 가짜 진주를 떠올리고 있었다. 박현영 현 앨리스에게 스파이 혐의를 씌워 처단하더니……, 물론 가성은 이 말을 속으로 삼켰다. 그런가 하면, 김구가 경교장에서 88구락부 출신의 안두희에게 암살당했다는 기사가 나올 때, 가성은 감자샐러드를 만들고 있었다. 삼팔선에서 이제는 남조선이 아닌 남한과 북조선 사이에 충돌이 일어났다는 신문 기사를 보았을 때는 수란의 온도를 체크하는 중이었다. 그리고 얼마의 시간이 지난 6월 25일 아침 여덟 시, 북조선 탱크가 밀고 내려온다는 소식에도 남한의 대통령이 청와대 연못에서 붕어인지 잉어인지를 잡고 있었다는 라디오 뉴스가 흘러나왔을 땐, 초여름 더위에 이든의 군복을 다리느라 땀을 빼고 있었다. 이윽고 남한의 대통령이 한강 다리를 폭파시켰다는 기사를 접했을 땐 이든 집안의 남자들이 "그렇게 미군을 기다렸다는데, 남한의 대통령 말이야." 하는 걸 들었다. 가성은 그때 이든의 조선인 어머니를 바라보았다. 그녀는 진주 목걸이를 한 채 커피를 채우고 있었다. 그녀는 남한이 어디에 있는지도 모르는 사람처럼 표정에 변화가 없었다. 변화…… 그래, 어쩌면 그곳에서는 변할 수 있는 게 없기 때문일 수도 있었다. 남한의 의사 면허는 미국에서는 소용이 없었고, 이든은 가성이 다시 공부할 수 있도록 대학에 보내준댔지만 그의 가족들은 독실한 종교인이었다. 여성이 종교 활동 외에 집을 비우는 건 있을 수 없는 일이었다. 이든의 조선인 어머니에게서는 언제나 옅은 마리화나 냄새가 났다. '너도 이제 어쩔 수 없구나.' 어느 날 그 여인이 그렇게 말했을 때 가성은 자신도 그 어쩔 수 없음, 에 굴복할 순간이라는 것을 느꼈다. 그리고 그 어쩔 수 없음은 자신의 어머니에 대한 생각으로 이어졌다.

"가희야, 네 아버지는 기독교인이셔. 신의 부름을 받았으니 그분이 원하신 대로 하신 거야."

그렇게 말하던 가성의 어머니는 사실 운서의 아버지와 내연의 관계였다. 그래서였나. 어린 시절 어머니는 술에 취하면 이렇게 울부짖었다. 네가 태어나지 말았어야 했다고, 네가 내 인생을 망쳤다고. 가성이 어른이 되고부터는 조금 달라졌다. 이제 어머니는 자신이 그렇게 된 것은 세상 탓이라고 했다. 무역상으로 재미를 본 재조 일본인 남성과는 달리 현지처로나 보내진 재조 일본인 여성이라 이런 거라고. 틀린 말이 아니었기에 가성은 쏟아지는 어머니의 말을 견뎠고 되도록 어머니의 부탁을 들어주려 애썼다. 그러나 어머니의 말은 또 달라졌다. 미군정이 들어오자 어머니는 가성에게 함께 자결하자며 자신이 낳은 아이니 자신이 데려가야 한다고 했다. 가성은 그제야 어머니가 그저 자신을 소유물로 생각했다는 것을 깨달았다.

가성의 어머니는 자주 가성에게 신분도 없이 못 배운 자신을 무시하냐며 밑도 끝도 없는 분노를 쏟곤 했다. 하지만 가성은 그런 이유로 어머니를 이해 못 한 게 아니었다. 아버지 또한 마찬가지다. 가성이 아버지를 지독히 싫어했던 건 그가 빨갱이여서가 아니었다. 모든 원망을 세상에 돌리고 가성에게 분노를 쏟아부었던 어머니. 그리고 대의 운운하며 가족을 버린 아버지. 가성은 그들이 자신의 불행을 면죄부 삼아 타인의 삶을 파괴했다는 생각을 버릴 수가 없었다. 그래도 가성은 그때까지 어머니에게 자신의 그런 생각을 내색하진 않았다. 가성은 자신과 같이 죽겠다는 어머니를 보고서야 비로소 그 손을 뿌리쳤다. 그리고 오랫동안 하지 못한 말들을 꺼냈다. 운서 아버지와 어머니의 관계를 안다는 말.

"사랑? 어머니. 그 사랑, 그거 진짜 사랑이라고 해도요, 나 그거 하나 안 절절해요. 자기 자식 키워주고 받아준 친구에게 이런 짓거리 하면서 어떻게 자기 사랑 절절하다고 해? 사실 운서 아버지 아니어도 됐었잖아요? 너절한 행동을 인간 본성이라고, 잘못된 환경 탓이라고요? 왜요, 같은 여자로서 내가 어머니를 이해할 줄 알았다고요? 아니, 같은 여자고 딸이니까 이해 안 하는 거예요. 사내들처럼 잘못한 거 저들끼리 덮어주면서 의리 맺고 그럴 줄 알았어요? 아니야, 안 그렇게 살아. 나는 그럼 어디 가서 뭘 어떻게 살았어야 하는 건데?"

'어머니 덕분에, 어머니 때문에, 그리고 그 잘난 조선 남자 덕분에 나는 운서를 좋아하지도 못하겠어요. 운서는 그저 자신이 여자가 되고 싶다는 마음 때문에 내게 다가오지도 못하는데, 나는 그런 운서에게 마음을 보이는 것조차 어려운데…… 왜 뭐가 그렇게 떳떳해요들.' 가성은 이 말을 하는 대신 눈물을 삼키고 고개를 돌렸다.

"연가희. 너는 그 잘난 조선 남자랑 똑같아. 다 내 탓이지. 운서 아버지에 대해서는 말 못 하지?" 어머니는 그때도 그저 가성에게 그런 말을 할 뿐이었다. 그래, 가성도 안다. 운서의 아버지는 모든 걸 들키더라도 운서 어머니와 가성의 어머니가 싸울 거라고 생각했을 것이다. 운서 어머니에겐 가성의 어머니가 먼저 손을 내밀었다고 할 것이다. 물론 가성 자신 또한 결국 만만한 어머니만을 비난하고 있다는 것도, 가성은 인정할 수밖에 없었다. 그래서였나. 미국에 와서 운서가 떠오를 때마다 가성은 어렴풋하게나마 어머니의 어떤 점은 이해가 되기도 했다. 그러니까 만약에, 어머니가 운서 아버지를 사랑했다면 혹은 자신의 생물학적 아버지를 어머니가 정말 사랑했다면…… 가성 자신은 정말 그렇지 않을 수 있었을까. 하지만 '정말 사랑했다면'이라는 단서를 달았기에 반대로 어머니의 어떤 점은 더욱 이해되지 않았다. 사랑이라는 게 그렇게 남을 파괴하는 걸까. 가성은 고개를 저었다. 가성은 남한을 떠나면서 회중시계마저 운서에게 넘겨주었다. 그럼에도 결코 잊히지 않는 운서를 느끼면서, 반면에 그 마음조차 매섭게 내치는 자신을 보며 가성은 그런 생각을 자주 했다. 그리고 그런, 누군가를 파괴하지 않고도 사랑하는 사람들을 가성은 이미 알고 있었다.

운서의 어머니는 운서와 가성을 차별한 적이 없었다. 가성이 대학에 가야 한다고 주장한 것도 운서의 어머니였다. 그랬기에 미국으로 왔을 때 가성은 그런 연가성의 삶, 아니 이제 권운서의 삶이 된 자신이 고작 이 정도일까, 내가 이 정도밖에 못 해내는 걸까, 자주 그런 생각을 했었다. 그마저도 시간이 지날수록 옅어졌다. 삶은 그렇게 지독한 구석이 있었다. 바다 가운데 너무 오랜 날 떠 있으면 그것이 바다라는 감각조차 없어지는 것처럼, 가성은 자신도 모르게 그 삶을 받아들이고 있었다. 적어도 연가성의 소식이 들려오기 전까지 말이다. 그러니까 권운서가 찍은 무수한 사진들이 연가성의 이름으로 연가성을 찾아오기 전까지. 그리고 그 소식이 찾아온 것은 의외의 단체를 통해서였다. 정확히는 그 단체에 관한 뉴스를 들으면서 말이다.

국제민주여성연맹.

다양한 직종과 국적의 여성들이 전쟁 중 여성과 아동의 참상을 보고하기 위해 모이는 곳. 처음 이 단체를 라디오를 통해 들었을 때 가성은 이든과 이혼을 하고 워싱턴으로 넘어가 일자리를 알아보고 있었다. 아무리 고국이라지만 눈앞의 현실에 마음이 짓눌리는 것만 같았다. 게다가 어느 순간부터 너무 먼 작은 나라 한국에 대한 뉴스는 더는 들을 수가 없었다. 막연히 괜찮겠지, 가성은 그렇게 생각했다. 그래서였을까. 가성은 국제민주여성연맹의 이름보다 뉴스가 끝난 후 이어진 라디오 낭독 코너에서 흘러나온 시 한 구절이 더 마음에 남았다.

여기서, 줄곧, 내가 킬러였다고 생각하며 나는 작
은 독약을 매일 향유처럼 바르지. 아니야. 나는 여왕
이야. 나는 앞치마를 두르고, 내 타자기는 글을 쓰
고, 경고받은 걸 그대로 지켰지. 미쳤어도, 나는 초
코바만큼이나 친절해. 심지어 마녀들의 묘기와 함께
그들은 내 가늠할 수 없는 도시를 신뢰하지.[2]

가성은 그 시를 쓴 시인이 궁금했다. 그리고 그
시인에 대한 생각은 송화를 떠올리게 했다. 아직
송화 님은 시를 쓰고 있을까. 그러나 가성은 이윽
고 고개를 저으며 라디오의 채널을 돌려버렸다.
그런 여유가 이제 가성에게는 없는 것 같았다. 가
성이 아직 남한에 있을 때, 많은 미국 언론이 미군
과 결혼하는 남한 여성들을 의심했었다. 사랑도
없이 돈에 미쳐서 과거를 세탁하려고 오는 것이
그즈음 남한 여성들의 이미지였고 그래서 조그마
한 약국의 캐셔 일도 어렵사리 구했다. 그래도 어
떻게든 다시 돈을 모아 대학도 가고 또…… 가성
의 옆자리에서 일하는 캐셔는 돈을 벌면 자신의
나라인 필리핀으로 돌아갈 거라고 했다. 하지만

가성은 아무리 생각해도 갈 곳이 없을 거 같았다. 떠나온 남한을 떠올리면 운서와 송화가 있었지만, 자신이 가는 건 그들에게 독이 될 거란 생각뿐이었다. 최대한 죽은 듯이 멀어져야 했다. 게다가 두 번의 이혼을 한 자신에게 또 어떤 모진 말이 쏟아질까. 두렵기만 했다. 그랬기에 가성은 후에 그날을 떠올리면서 그런 생각을 해야 했다. 이번에도 운서가 나를 찾아온 것일까, 하는…….

여느 때처럼 딱딱한 빵 한 조각과 달걀을 사서 집에 돌아온 길이었다. 우편함을 확인했을 때 언제나처럼 신문이 있었고 가성은 다시 한번 국제민주여성연맹의 기사를 보았다. 북한 지역의 여성 전쟁 참상을 조사해야 한다는 주장을 담은 기사였다. 가성은 잠시 그 기사를 훑어보다 이내 시간이 멈춘 듯 기사 하단에서 멈췄다. 가성은 그곳에서 익숙한 얼굴을 보았다. 긴 머리에 여성의 옷차림을 하고 배경처럼 미군들 사이에 카메라를 들고 서 있는 사람, 운서, 권운서였다. 가성은 그 얼굴이 담긴 신문을 들고 한참이나 우편함 앞에 서 있었다. 같은 아파트에 사는 사람들이 우편함을 확인하기 위해 손을 뻗지 않았더라면 가성은 아마 그 낡은 아파트의 복도에서 누군가에게 위협을 당했을지도 모르겠다. 그만큼 멍한 표정으로 서 있었으니까. 가성은 거의 뛰듯이 계단을 밟았고 집 안으로 들어서자마자 잠금 쇠를 걸고 신문 속 기사를 읽어보았다. 그곳은 후퇴 직전의, 미군과 국군이 막 수복한 평양 시내였다. 그리고 이어지는 기사를 통해 가성은 운서가, 그러니까 연가성이라는 이름으로 운서가 실종되었다는 걸 알았다. 사진에 찍힌 사람 누구도 확인할 수 없을 정도로 미군의 폭격이 있었던 곳, 살아 있다 한들 지금은 확인할 수 없다 했다. 국군과 미군은 다시 후퇴했다. 가성은 손이 떨려왔다. 어떻게 하면 운서의 생사를 알 수 있을까. 그날 밤 가성은 신문을 앞에 두고 생각했다. 운서가 회중시계를 갖고 있다면 어떻게든 생사를 확인할 수 있을 거라고. 다음 날 가성은 이든에게 연락을 넣었다. 이혼은 자식을 원한 이든이 혼외자를 만들면서 하게 된 거였기에 위자료를 받을 수 있는 상태였다. 하지만 가성은 위자료 대신 운서를 찾을 수 있게 도와달라 했다. 얼마 후 가성은 선주혜가 활동 중인 『여성신문』과 『부인신문사』를 찾아 전보를 부칠 수 있었다. 그리고, 다시금 두 달의 시간이 흐른 후 가성은 국제민주여성연맹 북한 지역 참상 조사위의 문을 두드렸다.

"연가성 씨……, 연가성 선생님!"

접종한 팔의 옅은 근육통을 느끼며 가성이 생각에 잠겼을 때였다. 자신을 가성이라고 부르는 사람이 있다니, 가성이 고개를 돌렸을 때 그곳엔 선주혜가 있었다.

"오시느라 고생이 많으셨어요, 가성 선생님. 아니, 여기서는 권운서라고 불러드려야 하는 걸까요……."

이게 다 무슨 일인 걸까요. 선주혜의 말은 낙담으로 흐려져 있었다. 전쟁이 터진 그해 10월, 국군은 서울을 잠시나마 다시 탈환했었다. 전쟁이 이렇게 길어질 줄 몰랐던 사람들은 곳곳에서 생필품을 팔며 생의 의지를 다졌다. 11월에 있을 유엔군의 초토화 작전이 목전이라는 것을 잘 모른 채, 사람들은 헤어진 이웃과 가족을 찾아 헤매며 움직였다. 그리고 그 시기에 선주혜에게도 누군가가 찾아왔다. 바로 송화였다.

"그럼 지금 송화 씨는, 송화 씨는요? 만날 수 있어요?"

송화 이야기가 나오자 다급해진 가성의 표정에 선주혜는 고개를 떨구고 저어 보였다. 야위긴 했지만, 기아가 심각했던 서울 사정에 비춰볼 때 송화는 그나마 괜찮아 보였다고도 했다. 선주혜는 그때 무조건 송화에게 같이 가자고 했다. 곧 폭격이 다시 시작된다는 소문이 있기도 했고 홀로 있는 여성이 당할 일이 두려워져서였다. 하지만 송화는 남겠다고 했다.

"송화 씨가 그러데요, 남자들에게 속아서 돈도 집도 없는 자신을 가성 선생님이 구해줬다고요. 그때 처음 자신의 힘으로 마련한 집이 바로 카페 송화라고요. 그 집만 두고 갈 수가 없대요. 무엇보다 미국에 간 가성 선생님이 돌아올지도 모른다고요. 그런데 자신마저 없으면 연가성 선생님이 오갈 데가 없지 않냐고요. 가성 선생님이 자기를 살려주셨는데 선생님의 유일한 집을 버리고 갔다고하면 얼마나 외롭겠냐고요. 자기는 카페 송화에서 기다리겠다고요."

선주혜의 눈에서 어느새 눈물이 쏟아지고 있었다. 가성은 울지 않으려 입술을 깨물었으나 대신 셔츠의 앞섶을 움켜쥐었다. 가슴이 너무 아파서 뭐라도 쥐고 있어야 할 것만 같았다.

"그러면서도요, 무슨 예감이 있었는지 이걸 저한테 주데요. 가성 선생님께 전달을 부탁한다면서요."

가성은 선주혜에게 건네받은 서류 봉투를 열어보았다. 그곳엔 가성이 있었다. 가희였던 시절부터의 가성이 모두 있었다. 운서의 방 다락을 열자 쏟아져 나왔다는 가성의 사진. 운서는 아주 어린 시절부터 가성의 사진을 하나씩 찍어주곤 했었다. 도리어 기자가 되고 나서 통 찍어주지 않아서 섭섭하기도 했었는데……. 사진 속 가성은 대부분 홀로 앉아 있었지만 자주 눈이 휘어지도록 웃고 있었다. 운서 너에게 나는 이런 사람이었구나. 사람들은 알까, 시간 사이에는 인간은 모르는 틈이 있다. 빛의 속도 때문에 생기는 틈. 그 틈을 어떤 사람은 누구보다 빨리 알게 되고 또 어떤 사람은 영원히 모르고 생을 마감할 수도 있겠지만 적어도 가성은 운서 덕분에 일찌감치 그 틈을 알게 된 거 같다고 생각했다. 사진을 보던 가성의 시선이 이내 다시 선주혜에게 향했다. 그럼, 송화 씨, 송화 씨는요? 절박하게 묻던 가성에게 선주혜는 울음으로 떨리는 목소리가 되었다. 며칠 뒤 시작된 폭격은 카페 송화 자리에 집중되었다.

"송화 씨가 저를 찾아왔을 때 그러셨어요. '선주혜 선생님, 만약에요. 가성 선생님을 뵈었을 때 제가 죽고 없으면요, 울음을 참지 말고 그때는 울어 달라 하세요. 가성 선생님은 평생 잘 웃지도 울지도 못하는 양반이셨으니까요. 가성 선생님 웃음 담당은 운서 선생님이시니까, 울음은 내 담당 하고 싶어요' 이러더라고요."

가성의 눈에서 그제야 눈물이 흘러내렸다. 이윽고 그 눈물은 울음으로 바뀌었다. 자신도 운서도 없는 집에서 웅크리며 얼마나 무서웠을까. 그런 가성을 보며 선주혜는 눈물을 연신 닦으면서도 무언가 할 말이 남아 있는 듯 옷자락을 움켜쥐었다 놓았다 하고 있었다. 그러나 막상 가성이 눈물을 닦고 다시 선주혜를 바라보았을 때 그는 별말 없이 미소만 지어 보였다. 잠시 입술을 말던 선주혜가 가성의 시선이 멈춘 서울 시가지를 함께 바라보다 입을 열었다. 운서가 간 곳에 대한 이야기였다.

"맥아더가 북한 지역 초토화 명령을 내린 후에 말 그대로 포탄을 버리듯 쏟고 있어요. 신의주 지역을 모두 불살라버렸대요."

실제로 운서는 행방불명된 지 오래였다. 1951년 5월 14일, 지금 가성이 서 있는 이 시점보다 이미 한참 전인 1950년 11월부터 운서는 연락 두절 상태였다. 미군의 초토화 작전이 시작된 작년 가을 시점이었다. 가성도 라디오로 그 소식을 들었었다. 바다 건너 조그마한 한 나라의 불행들은 바다 건너의 어느 대륙에서는 그저 '승전' 소식으로 포장되고 있었다.

"연가성 선생님도 아시겠지만 미국 놈들, 뭐 좋은 사람도 있겠죠. 그리고 일제와는 물론 비교 대상도 아니고요. 일제 놈들은 악마처럼 우리를 압살했으니까요. 그렇다고 해서 북조선이 좋냐고 저에게 묻는다면 그것도 전혀 아니에요. 소문이 돌아요, 모두가 공평하다는 그 사회주의를 따라 북으로 갔던 문인들이, 정치인들이 수용소에 있다는 거요. 하지만 그렇다고 해서 미국 놈들이 우리를 구하는 천사라고는 도저히 말할 수가…… 그야말로 제가 본 것은……."

선주혜는 차마 말을 할 수 없다는 듯 이를 악물었다. 선주혜는 그러면서도, 자신은 사실 이제 북조선 말도 들을 수가 없다고 했다. 선주혜의 남동생은 국군으로 참전했다가 반 미쳐 돌아왔다. 그게 아니더라도 서울이 수복되었을 때 북조선 군인들이 했던 행동들을 선주혜는 모두 기억했다. 그리고 그 생각은 혹시 국군이었던 자신의 동생도 북조선에서 그들과 같은 행동을 했을까 하는 것으로 이어졌다고 했다.

"이제 그 누구도 믿을 수가 없을 거 같아요, 모두가 무서워요……."

가성도 비슷한 두려움을 느꼈었다. 제주 사건의 진압 때였다. 같은 동포를, 여성들을 처참히 유린하던 이들의 모습. 그 서북청년회의 일원들이 일제 때 하급 장교였고 그 진압 명령에 미군이 개입

되어 있다는 걸 모르는 이는 없을 터였다. 그리고 그랬기에 더 두려웠었다. 이런 때 운서는 가성의 이름으로 여성의 삶으로서 북으로 갔다. 이제는 선주혜도, 가성도 북으로 갈 것이었다. 그저 두려움 속에 있지 않기 위해서, 같은 두려움을 느낄 사람들을, 여성들을 위해서 말이다.

"선주혜 선생님, 우선 살아 계셔서 기뻐요. 저를 불러주셔서도 기뻐요. 송화 씨의 소식을 알려주셔서 너무나 감사하고요. 네, 선생님 말씀대로 세상이 참 참혹한 부분은 변함이 없는 것 같아요. 그런데 말이에요."

가성은 아직 해가 다 지지 않았는데도 하늘에 뜬 낮달을 보고 있었다. 태양 빛이 사그라들면 저 달은 더욱 빛나겠지.

"그런데 저, 제가 서울에서 학교를 다닐 때요. 그러니까 경성 시절에요. 저희 선배 중에 안나 서라는 간호원분이 계셨어요. 학교에 남아 계시진 않았지만 밤에는 시위 중인 여성 노동자들을 향해 뛰었고 낮에는 건강이 좋지 않은데도 출산을 강요받거나 돈이 없어서 아이를 낳다가 죽는 조선 여인들을 위해 일하셨죠. 그분은, 그러나 변변한 병원 하나 가지지 못하셨어요. 사랑하는 사람과 살기 위해 조선을 떠나야 했거든요."

선주혜도 어렴풋하게는 아는 이야기였다. 안나서와 그의 연인 윤경준, 그러니까 윤경아가 도미했을 때 신문에는 '백의의 천사 알고 보니 변태 성욕자'라는 기사가 도배되었으니까.

"저 아직 학생이었을 때 그 기사들 보고 많이 우울했어요. 그들이 사랑할 수 있도록 내버려뒀다면 그들은 떠나지 않았을 텐데 도리어 변태 성욕자라니, 너무 이상하잖아요. 화도 났고요."

그때 가성은 자신과 운서의 미래를 그렸다가 지우고를 반복하고 있었다. 운서에게 고생을 시킬 순 없는데……. 그때 스승이 그런 말을 했었다.

"가희야, 조선의 간호원들에게는 몇 가지 조항이 있단다. 항상 환자의 이름을 불러주고, 아픔을 살피고, 조선의 환자들에게 친절하고, 또 손을 잘 씻고…… 그리고 낙관할 것. 안나가 그랬고 안나의 스승이자 나의 스승님이 그러셨어. 그래도, 우리 낙관하자고 말이야."

하지만 당시의 가성에겐 처음 그 말이 그렇게 와닿지는 않았다. 미래란 도무지 그려지지 않는 지구 밖 무엇인 것만 같았으니까. 그런 몇 마디 말로 해소되지 않는 낙담이 있었던 것이다.

"하지만 선생님, 안나 서 그분도 결국엔…… 이겨내지 못한 거잖아요. 사랑하는 사람과 함께였다 한들."

"가희야, 네가 지금 안나 서를 알고 있지 않니? 나도 안나를 기억하고 있고. 우리 모두 안나를 기억하고 지금까지 말하고 있어."

"네?"

"이게 바로 낙관이야. 우리는 낙관할 수 있어. 우리가 잊지 않고 있으니까."

이야기를 들려주며 가성은 선주혜에게 손수건을 꺼내 건넸다. 자신이 여름날 땀을 흘리고 서 있으면 운서가 항상 손수건을 차갑게 해 건네곤 했었다. 가성은 눈물을 닦는 선주혜를 보며, 조금은 단단한 목소리로 이렇게 말했다.

"그러니까, 우리도 낙관해요. 다시 한번, 낙관해

요, 우리."

선주혜는 끝내 무언가 밀하려는 듯 입술을 몇 번 들썩였지만 무엇 때문인지 그저 울음을 터뜨리며 다시 고개만 끄덕였다. 네, 낙관해요, 꼭요. 선주혜가 울음 끝에 답한 것은 이 말이었다. 그리고 그날 밤, 선주혜는 유서에 이렇게 썼다.

저는 몇 달 전 송화 씨로부터 연가성으로 알려진 권운서의 회중시계와 부고가 담긴 편지를 전달 받았습니다. 그러나 권운서로 살아가고 있는 연가성 씨에게 그걸 전달하지 못하였습니다. 송화 씨는 권운서 씨가 북한 여성들의 참상을 취재하러 들어갔다고 했습니다. 그러나 만일 자신이 전쟁터에서 취재를 하다 죽어도 연가성 씨에게 알리지 말라 부탁했다더군요. 죽으면 영혼이 돼서 가성을 맴돌 수 있으니 오히려 좋은 것이라고요. 그렇게 권운서는 연가성의 이름으로 빨갱이가 되어 죽었습니다. 그러나 송화 씨는 권운서 씨의 마지막이라도 연가성 씨에게 알리고 싶다며 부탁하였습니다. 그리고 실제 연가성 씨가 들어오는 날을 기다렸습니다. 오늘 저는 이 모든 것을 진짜 연가성 씨에게 말하려고 했습니다. 그러나 그의 얼굴을 본 순간, 말하지 못하였습니다. 뭐랄까요. 그가 정말로…… 권운서 씨를 만나고 싶어 한다고 느꼈기 때문에 그랬습니다. 그러고 나서야 진짜 연가성이라는 게 뭘까 생각합니다. 그토록 원하던 여성으로서 여성들의 참상을 알리러 간 권운서 또한 연가성이 살고 싶었던 진짜의 연가성을 살아 내지 않았을까. 둘은 결국 함께했던 것이 아니었을 까, 종내는 이런 마음이 들었습니다. 그리고 그렇다면 누구보다 권운서를 사랑한 연가성은 그런 권운서의 마지막이 있는 그곳에 가고 싶지 않을까……. 오래 품어온 그 마음 앞에서 제가 차마…… 말하지 못하였습니다. 그러나 혹시 제가 돌아오지 못하고 연가성 씨가 돌아온다면 누군가 이 사실을 그때는 알려주세요. 저는 그저 기록하는 자입니다. 누군가 저의 이 기록을 말하여주십시오. 그때 제가 살아 있다면 이 벌을 달게 받겠습니다. 그 벌을 달게 받을 수 있다는 것이, 연가성 씨가 돌아올 수 있다는 것이 바로 저의 낙관입니다.

*

1951년 5월 15일. 연가성은 동료 국제민주여성 연맹 회원들과 함께 유서를 남기고 북으로 향했다. 미군의 포탄이 엄청난 빛을 내며 서울 시가지와 평양 시가지, 남과 북을 가리지 않고 떨어지고 있었다. 아이들은 어두운 밤 홀로 집에 있다가 이 포탄의 밝은 빛을 보고 좋아서 뛰쳐나왔다고 한다. 그렇게 사지가 발겨져서 죽은 아이들이 수천명, 포탄에서 아이를 구해보겠다고 달려들어 죽은여인들은 셀 수조차도 없다고 한다. 폭격으로 인해 밤중에 한낮 같은 빛이 생긴 거리를 보며 가성은 이렇게 중얼거렸다.

"너무 환한 어둠 속에서 너를 기다리며."

운서야, 이 이야기 기억하니? 에리카는 이제 더는 기다리지 않고 초의 씨를 찾아갔을 거야. 그런가 하면, 항상 운서는 가성을 먼저 찾아왔었다. 이제 가성 또한 운서가 오기만을 기다리지 않을 것이다. 이제 가성이 운서를 찾아갈 거였다. 만나면 회중시계에 가둔 시간부터 풀어줄 것이다. 시간은 오랫동안 사람들에게 태양의 육안 운동과 같은 규칙적인 흐름으로 읽혀졌었다. 하지만 가성은 미국에서 아인슈타인이라는 사람의 상대성이론에 관한 책을 알게 되었다. 그의 말을 가성이 제대로 이해한 것이 맞다면, 시간은 정해진 규칙이 아니라 상대적 시선일 것이다. 가성은 운서와 자신의 시간도 그럴 거라고 생각했다. 그러니 다시 운서를 만난다면, 가성은 자신들만의 시간을 다시 살아갈 것이라 다짐했다. 가성은 포탄이 떨어지는 거리로 나섰다. 5월, 한반도에 꽃이 가장 만발할 시기였다. 어마어마한 빛이 퍼지듯 폭발했고 이후 엄청난 양의 검은 재가 가성의 머리 위와 흐드러진 꽃 위로 쏟아졌다. 그래, 하지만 저 꽃은 언젠가 다시 피어나고 나는 이제 이 환한 어둠 속에서도 너를 찾아 그 빛을 넘어가리라. 어디선가 떠오른 낮달이 가성의 눈에 가득 들어왔다.

미주)

1) 허난설헌, 「회포를 풀다」.
2) 앤 섹스턴, 「살거라」 중 일부.

참고문헌)

신문

* 「평원 고무쟁의 심각, 공장가에는 격문, 파업단에는 해고 통지」,
『조선일보』 1931년 6월 11일 자 3면.
* 「여성유인마 체포」, 『동아일보』 1938년 5월 18일 자 3면.
* 「여의」, 『동아일보』 1939년 11월 5일 자 2면.
* 「남자 생활 팔 년에 수술하여 여자로 환생」, 『동아일보』 1940년 6월
14일 자 3면.
* 「우리경찰진의과학화」, 『동아일보』 1946년 4월 12일 자 2면.
* 「지폐위조사건진상전모 공보도서 정식발표」, 『동아일보』 1946년
5월 15일 자 2면.
* 「위폐 사건제이회공판 피고들 재심요구」, 『조선일보』 1946년 8월
23일 자 2면.
* 「식량배급등육항요구, 철도종원연맹파업단행」, 『조선일보』 1946년
9월 25일 자 2면.
* 「신성한 기념일을 투쟁도구로 이용말라」, 『동아일보』 1947년 8월
15일 자 4면.
* 「여운형씨저격사건진상」, 『경향신문』 1947년 8월 30일 자 2면.
* 「밤거리의살인차」, 『조선일보』 1948년 5월 3일 자 2면.
* 「남북협상 공산파회담에불과 민중은 현혹치말라」, 『동아일보』
1948년 5월 4일 자 1면.
* 「이구동성 "통일가망있다" 양김씨, 외인기자에협상례찬」, 『경향신
문』 1948년 5월 7일 자 1면.
* 「민족숙원은남북통일에 남조선국회발족」, 『조선일보』 1948년 5월
30일 자 1면.
* 「조선장래협악」, 『조선일보』 1948년 6월 4일 자 1면.
* 「국호는 대한민국으로, 헌법안제이독회개시」, 『동아일보』 1948년
7월 2일 자 1면.

* 「십칠일에 헌법팔포,내주초에대통령선거」,『동아일보』1948년 7월 16일 자 1면.

* 「치정의살인극」,『조선일보』1948년 8월 24일 자 2면.

* 「불후한업적남기고하중장작조공조귀국」,『경향신문』1948년 8월 28일 자 1면.

* 「김구씨 피습절명 작일경교장에서」,『경향신문』1949년 6월 27일 자 1면.

논문

* 조나단 글레이드,「미군정기 남한과 일본의 문학으로서의 탈식민화 : 1945-1948 문학과 민주조선의 두 사례」,『동악어문학』57, 2011, pp. 249-283.

* 이은진,「낙태죄의 의미 구성에 대한 역사사회학적 고찰 포스트식민 한국사회의 법제, 정책, 담론 검토」,『페미니즘 연구』17(2), 2017, pp. 3-46.

* 이나영,「성매매 '근절주의' 운동의 역사적 형성과 변화의 의미 일제강점기와 미군정 시기 폐창운동을 중심으로」,『한국여성학』25(1), 2009, pp. 5-34.

* 강혜경,「미군정기 서울의 치안과 경찰」,『현상서울』71호.

* 최선우,「수사구조의 근대성과 미군정기의 수사구조 형성과정 연구」,『韓國公安行政學會報』第61號, 2015, pp. 237-264.

* 黃鎬德,「해방과 개념, 맹세하는 육체의 언어들―미군정기 한국의 언어정치학, 영문학도 시인들과 신어사전을 중심으로」,『大東文化研究』제85집.

* 조남청·전일욱,「한국 수사 경찰 행정 변천에 관한 연구」,『한국행정사학지』제44호, 2018, pp. 153-178.

* 김도경,「대중잡지 별건곤의 여성운동과 여성운동자 재현 방식」,『우리말글』71, 2016, pp. 353-375.

* 정영효,「조선호텔―제국의 이상과 식민지 조선의 표상」,『동악어문학』55, 2010, pp. 317-348.

* 조성운,「1930년대 식민지 조선의 근대 관광」,『한국독립운동사연구』36, 2010, pp. 369-405.

* 서기재,「근대 관광잡지 관광조선의 대중을 향한 메시지」,『일어일

문학』 52, 2011, pp. 337-352.

* 서기재, 「일제 말 대중 잡지에서 보이는 조선이라는 공간인식 관광조선과 모던일본 조선판을 중심으로」, 『내한일어일문학회 학술대회 발표논문 요지집』, 2017, pp. 227-229.

* 이상의, 「일제하 조선경찰의 특징과 그 이미지」, 『역사교육』 115, 2010, pp. 165-198.

* 김창윤, 「일제 통감부 시기 경찰조직에 관한 연구」, 『사회과학연구』 20(1), 2013, pp. 91-114.

* 양홍준, 「통감부시기 형사경찰제도와 범죄 수사」, 『한국사학보』 (22), 2006, pp. 165-199.

* 박정미, 「식민지 성매매제도의 단절과 연속 묵인-관리 체제의 변형과 재생산」, 『페미니즘 연구』 11(2), 2011, pp. 199-238.

* 유숙란, 「광복 후 국가건설과정에서의 성불평등구조 형성, 보통선거법과 제헌헌법 작성과정을 중심으로」, 『한국정치학회보』 제39집 제2호, 2005.

저서

* 김태우, 『냉전의 마녀들』, 창비, 2021.

* 리처드 셰퍼드, 한진영 옮김, 『닥터 셰퍼드, 죽은 자들의 의사』, 갈라파고스, 2019.

* 나카니시 이노스케, 박현석 옮김, 『불령선인&너희들의 등 뒤에서』, 현인, 2017

작품해설

달이 겹치는 시간

김보경

한정현의 소설에서 '역사'는 마르지 않는 수원지다. 본디 역사란 변하지 않는 객관적인 사실들로 환원되는 것이 아니라 역사가나 연구자들에 의해 사료가 발굴되고 재배치되고 재해석되는 과정을 거치며 그 모습이 달라지고 더욱 두터워진다. 각종 사료나 연구 자료를 그러모으는 아카비스트로서의 면모를 보여온 한정현 작가는 특히 여성·퀴어사를 적극적으로 참조하며 공식 역사에서 누락된 존재들의 이야기를 짜고 계보를 만드는 일에 관심을 가져왔다. 이때 그의 소설은 주관적 해석을 지양하며 역사적 사실의 복원을 지향한다기보다는,

현재의 관점에서 적극적으로 역사를 읽어내고 재구성하고자 한다. 이는 그가 사실을 중시하지 않는다는 의미가 아니라, 차라리 중립적이거나 보편적이라 여겨지는 물신화된 '사실'이란 것 역시 특정한 입장에 근거한 하나의 구성물이라는 것을 밝힌다는 의미이다. 잊히거나 흩어진 역사의 조각들은 그의 소설에서 상상의 힘으로, 사랑과 희망의 힘으로 연결되며 몸체를 얻는다.

이념의 각축장이던 미군정기 한반도를 배경으로 한 『마고麻姑―미군정기 윤박 교수 살해 사건에 얽힌 세 명의 여성 용의자』(이하 『마고』)는 종로경찰서 소속 검안의이자 다른 사람들 몰래 "세 개의 달"(37쪽)이라는 가명을 사용하며 탐정으로 활동하는 연가성이 문화부 기자 권운서와 함께 윤박 교수 살해 사건의 내막을 추적해가는 추리소설 형식을 차용한다. 이 탐정 모티프는 전작 『나를 마릴린 먼로라고 하자』에서 "사실 그대로를 베껴 쓰는 게 아니라 (……) 진실을 추적하는 방법으로의 탐정소설"[1]이라는 구절에서 그 의도가 명시된 바 있다. 파편화된 역사의 조각들을 발굴해 재조합하고 재구성하는 한정현 소설의 기획은 조각난 단서들을 토대로 진실을 탐사하는 탐정소설 형식과 닮아 있다. 또한 이 모티프는 전작에서 "공적 제도가 해결하지 못하거나 아예 공적 사건으로 인정조차 하지 않는 불가해한 사건을 합리적 이성으로 설명하고 사적인 균열을 공론화하는 장치"[2]로서 기능한다고 짚어진 바 있는데, 『마고』에서도 연가성은 경찰이 해결해주지 못하거나 해결하지 않으려 하는 사회적 약자들이 의뢰해 오는 사건을 도맡는 사설탐정으로 등장한다. 이 소설은 전작보다 좀 더 직접적으로 탐정소설 형식을 차용해 살해 사건의 내막을 추적해가는 구성을 중심적인 플롯으로 취한다.

그런데 『마고』는 살해 사건의 범인이 누구인지에 관한 궁금증을 자극하지도 않고 이를 추적하는 플롯을 따르지도 않는다. 소설에서 범인이 누구인지에 관한 정보는 초반부터 제공되기 때문이다.

1) 한정현, 『나를 마릴린 먼로라고 하자』, 문학과지성사, 2022.
2) 김건형, 「도쿄와 서울의 파루치잔, 퀴어 가족의 탐정소설」, 『나를 마릴린 먼로라고 하자』 해설, 문학과지성사, 2022, 383–384쪽.

살해된 윤박 교수는 미국에서 영문학을 공부하다 해방 후 조국 근대화의 사명을 띠고 귀국한 명망 있는 엘리트 남성으로, 연가성은 그가 동료 미군에 의해 살해되었다는 사실을 알게 된다. 그런데 양준수 형사와 미군정 조사관인 이든 대위는 윤박이 미군에 의해 살해되었다는 사실이 밝혀지면 미군정에 대한 여론이 악화될 것을 우려하여, 다른 자에게 죄를 덮어씌우려 한다. 그의 살해 사건에 연루되었다고 언론에 보도된 세 명의 여성 용의자는 공교롭게도 윤박 교수가 죽은 날 모두 같은 공간에서 그와 언쟁했다는 이유로 그 희생양이 될 처지에 놓인다. 가성은 세 여성 중 누군가가 진범으로 누명을 쓸 수도 있는 상황에서 이를 막고자 이들과 윤박 간의 관계를 추적하는 일에 나서게 된다.

이처럼 이 소설의 미스터리 요소는 누가 윤박을 죽였는지에 있지도, 윤박이 왜 그 미군에 의해 죽임을 당했는지와 같은 의문과도 무관하다. 소설이 던지는 질문들은 가령 이런 것이다. 윤박과 세 여성은 어떤 관계였는지, 이 여성들끼리는 서로 어떤 관계였는지, 혹은 왜 "빛이 사라지면 너에게로 갈게"(30쪽)라는 구절이 적힌 쪽지가 윤박의 주머니에서 발견되었는지 등등. 소설은 독자의 주의를 살해 사건의 직접적인 인과관계로부터 분산시키고 얼핏 주변적으로 보이는 맥락을 살핀다. 그렇지만 소설은 바로 그 주변적 맥락을 펼쳐내며 세 여성 용의자의 이야기가 서로 맞물릴 때 비로소 보이게 되는 어떤 '진실'에 접근해간다.

윤박 살해 사건의 세 여성 용의자는 각각 여성 잡지 『모던조선』의 편집장 선주혜, 현재는 가정주부이지만 과거 윤박의 집 식모이자 성 판매 여성이었던 윤선자, 그리고 윤박의 제자이자 이미 자살한 신인 여성 소설가 현초다. 세 여성과 윤박 간의 관계를 푸는 실마리는 윤박이 살해된 날, 이들이 모두 에리카라는 이름의 사장이 운영하는 호텔 포엠에 있었다는 데 있다. 에리카는 매혹적인 외모를 지니고 유행을 선도하는 인물로, 성별을 파악하기가 어렵고 남성들과 성관계를 맺지 않는다는 이유에서 '마녀'라는 소문이 돌기도 한다. 소설 후반

부에 이르면 그는 간성인으로 태어나 어릴 적 일
본인 포주에게 팔려 여성으로 길러지다 1940년 세
브란스에서 최초로 시행된 간성인 수술을 받은 것
으로 밝혀진다. 운서는 에리카에 대한 호기심을
갖고 가성의 수사에 동행한다.

　에리카를 찾아간 가성과 운서는 윤박이 죽던 날
에리카가 호텔에서 목격한 것을 전해 들으며, 세
여성 용의자들 중 선주혜와 윤선자에 관한 정보를
얻게 된다. 우선 여성 작가와 독자들을 위한 여성
잡지를 만들고 운영해온 선주혜는 조선 여성의 권
익 향상과 독립을 위해 미군정과 협조하기도 했지
만, 조선 여성 독립 문제에 대한 견해차로 미군정
과 사이가 틀어지는 바람에 좌익 인사로 낙인찍혀
정치적 압박을 받고 있다. 친미 인사였던 윤박은
이를 이용해 선주혜에게 성관계를 요구하며 협박
한 일로 둘 사이에 다툼이 있었음이 드러난다. 두
번째 용의자인 윤선자의 경우, 윤선자는 윤박의
집에서 식모로 일하다 그만두고 잠시 기생 요릿집
에서 일한 적이 있으며 현재는 남편과 두 아이를
둔 가정주부로 살아가고 있다. 에리카는 윤박이

윤선자가 기생 요릿집에서 남자들을 상대하는 일을 했다는 사실을 윤선자의 남편에게 알리겠다며 윤선자를 협박하고 성적으로 착취해왔던 정황, 유박이 죽던 날 호텔에서 이들 간에도 다툼이 있었다는 사실을 이야기한다.

이러한 정황은 윤박이 여성 권익 향상을 주장하는 사설을 실으며 공창제 폐지를 주장해왔다는 사실과 모순되어 그의 위선적인 면모를 드러낼 뿐 아니라 미군정기 공창제 폐지론의 정치적 맥락을 드러내준다. 미군정은 자유민주주의의 우월성을 입증하고 남한 지배를 정당화하기 위한 목적으로 식민 통치와 차별화되는 몇 가지 개혁 조치를 단행했으나, 실상 지배를 용이하게 하는 기틀은 존속했다. 당시 공창제 폐지의 경우 여성 단체에 의해 처음 건의되고 난 후 빠르게 입법 과정에 이르고 성매매 금지가 시행되는데, 이러한 과정이 가속화된 데는 식민 통치의 잔재를 청산하고자 하는 의지와 더불어 미국의 체제 우월성에 대한 (무)의식적인 승인이 작동했다. 그렇게 공창제가 폐지되었음에도 국가가 성매매를 묵인하고 관리를 이어온 사정은 공창제 폐지를 추동한 것이 성평등과 민주주의를 향한 열망만이 결코 아니었음을 보여준다.[3] 소설에서 여성해방론을 주창하던 잡지 『모던조선』이 어느 순간 미군정을 돕자는 취지로 흘러가고 있다는 언급도 마찬가지로 여성 평등이나 해방에의 주장이 미국의 지배권을 강화하는 또 다른 식민주의적 논리로 전유되었던 현실을 상기시킨다.

관련해 『마고』의 첫 장면이 최초의 보통선거로 이루어졌던 총선거 장면으로 시작하고 있음은 의미심장하다. 이 장면에서 선거장에 투표하러 온 어느 여성에게 한 사내가 "어디 집안 살림을 하는 부녀자가 나랏일에 관심을 가지려 하냐"(9쪽)며 고성을 지르자 가성은 그에게 "선거는 모두에게 공평한 것"이며 "이 부인의 권리"(10쪽)라고 말하지만, 사내는 가성이 여성이라는 점을 알아차리자

---

3) 공창제 폐지령이 시행된 데에 작용한 "탈식민화를 향한 열망"과 성매매 '묵인-관리' 체제의 식민지적 기원과 해방 후 그것이 어떻게 변형되고 지속되었는지에 관한 내용은 다음 글 참조. 박정미, 「식민지 성매매제도의 단절과 연속 '묵인-관리 체제'의 변형과 재생산」, 『페미니즘 연구』 11권 2호, 2011, 220-224쪽.

가성의 말을 깎아내린다. 이 사내는 미군정 경무
국에 선거방해로 신고하겠다는 말에야 움찔한다.
미군정기 남녀 간의 법적인 평등을 보장하는 제도
와 정책이 마련되고 신문과 같은 공적 매체를 통
해 남녀평등론이 유통되지만,『마고』는 그러한 '공
평'과 '권리'의 언어가 윤박과 같은 (유사)제국-남
성-지식인의 몸을 통과할 때에야 효력이 있었음
을 보여준다. 또한 미군정기 경무부 공안국에 여
성경찰과가 신설되어 가성은 자신이 경찰로 일할
수 있을 것이라 잠시 기대하기도 했지만, 월북 지
식인 아버지와 재조 일본인 어머니를 두었다는 내
력 때문에 자신이 언제든 좌익 사범으로 몰릴 수
있다는 위험성을 인지하기에 그 기대를 일찌감치
접는다. 이러한 장면들은 '모두가 평등하다'는 장
막 뒤에 가려져온 젠더, 계급, 이념적 분할과 배제
의 장치를 드러낸다.

한편 가성과 운서는 세 번째 용의자인 현초의의
사연을 밝히면서 세 여성 용의자 간에 얽힌 이야
기의 전모를 파악하게 된다. 현초의는 윤박의 제
자이자 소설가로, 윤박은 현초의가 자기 대신 수

업을 진행하도록 했으며 현초의의 글이나 수업 내용을 훔쳐 자기 이름으로 발표해왔음이 드러난다. 운서는 윤박의 주머니에서 발견된 쪽지의 구절("빛이 사라지면 너에게로 갈게")이 적힌 소설 원고를 입수하는데, 작가가 현초의인 것으로 추정되는 이 소설을 윤선자가 가지고 있던 것을 알게 된다. 나중에 밝혀지는바 윤선자는 윤박의 협박으로 현초의의 소설 원고를 필사했으며, 윤박이 죽은 날 선주혜가 윤박을 찾아간 것은 윤박이 자신의 글을 훔쳤다는 현초의의 주장이 사실인지 확인하러 간 것이었다. 선주혜가 윤박과 다툼을 벌이고 감금된 사이 현초의의 소설 원고가 윤박의 이름으로 세상에 공개되자 현초의가 결국 자살하게 된 것이다. 윤박은 자신의 젠더·계급 권력을 활용해 세 여성을 이용하거나 착취해왔으며, 이들이 서로에 대한 원한과 죄책감에 시달리게끔 만들었다. 이후 경찰이 윤선자의 남편이 좌익 사범과 얽혀 있다는 것을 명분 삼아 윤선자를 윤박의 살인범으로 몰아가려 하자, 선주혜는 죄책감에 자신이 윤박을 죽였다며 거짓으로 자백하기에 이른다.

이처럼 세 여성 용의자들은 저마다 조금씩 다른 방식으로 윤박으로부터의 피해나 폭력의 경험을 공유한다는 점에서 공통점을 지닌다. 그렇지만 세 여성이 폭력의 피해자라는 공통점만으로, 윤박의 의도대로 서로에 대한 원한과 죄책감으로 얽혀 있다고는 할 수 없다. 예컨대 가성은 거짓 자백을 하러 온 선주혜를 돌려보내려 설득하는 과정에서 현초의에 대해 묻게 되는데, 현초의가 "윤박의 그림자 같은 존재"였느냐는 가성의 질문에 선주혜는 다음과 같이 답한다. "윤박이 무조건 다른 이들보다 빛나야 직성이 풀려 했다면 현초의는 다른 이들과 함께 빛나길 바라는 사람 같았다"고, "태양과 달이 서로 다르게 빛나는 것처럼, 태양만큼 화려하진 못해도 달빛이 태양보다 못한 건 아니"(137쪽)라고 말이다. 『마고』에서 태양은 줄곧 (유사)제국주의 남성성 혹은 패권적 권력의 은유적 형상으로 나타난다. 이에 반해 선주혜는 현초의가 그러한 태양 빛을 닮지도, 그러한 빛의 그림자와 같은 존재도 아니었으며, 다른 이들과 함께 빛나는 '달'의 빛을 가진 사람에 가까웠다고 말한다. 선주혜가 현초의의 삶을 기억하고 다른 이에게 들려주는 과정에서 현초의는 비극적인 피해자가 아니라 언제나 누군가와 함께 미약하나마 선명한 빛을 나누는 존재로 형상화된다. 현초의와 연인이었던 에리카가 어릴 적 포주에게 팔려 학대당할 때 자신을 구해주고 자기 자신의 모습으로 살 수 있게 했던 사람이 바로 현초의이기도 했다. 현초의가 에리카를 구해냈던 것처럼, 선주혜가 거짓으로 자백한 것은 윤선자를 구하려는 마음에서 비롯된 것이기도 하다. 현초의의 죽음이 남긴 자책감은 선주혜에게 누군가를 구해내겠다는 결단으로 나아간다. 서로가 서로에게 적대하도록 만든 구조에 저항하고 서로를 구해내는 것이다. 이렇게 『마고』의 여성/퀴어들은 서로를 폭력으로부터 구해내고 살리고자 하는 마음의 연쇄로 연결된다.

또한 『마고』에서 마고-마녀, 그리고 '달'의 모티프는 이 인물들을 엮는 고리로 반복되어 나타난다. 앞서 언급한 에리카 외에 가성 또한 어릴 때부터 여자아이답지 않은 모습에 마고할멈이라는 별명으로 불려왔다. 마고할멈이라 불리던 가성에게 유일하게 손가락질하지 않고 있는 그대로의 모습을 알아본 것은 운서였고, 마찬가지로 남자아이답지 않다는 이유로 폭력적인 상황에 노출된 운서에게 먼저 손을 내민 것은 가성이었다. 가성을 보며 운서는 남성의 억압에 굴복하지 않아 '마녀'라 불린 사람들을 떠올리고 가성에게 세 개의 달이 겹친 문양이 새겨진 회중시계를 선물한다. 가성이 "세 개의 달"이라는 가명으로 활동하게 된 것은 운서에게서 이 회중시계를 선물 받은 이후부터다. 이 마고—마녀들은 현초의가 쓴 소설의 주인공들이기도 하다. 현초의가 쓴 소설의 제목은 '마고'로, 그 내용은 마고들이 사는 숲이 있는 마을에 '태양의 사도'라 불리는 사내가 등장해 마을 사람들을 지배하게 되고, 태양의 사도의 유혹에 넘어간 마을 사람들이 마고들을 죽이자, 연인을 잃은 마지막 남은 한 명의 마고가 태양의 사도를 죽이고 결국 화형에 처해진다는 우화적인 소설이다. 이 이야기에 등장하는 서로 사랑하는 두 마고는 연인 사이인 에리카와 현초의, 그리고 연가성과 권운서와 겹쳐 읽힌다. 달이 "지구의 곁을 끝없이 맴돌며 지켜주는 존재"(41쪽)이듯, 에리카와 현초의, 연가성과 권운서는 세상의 폭력과 억압에도 바래지 않는 서로의 아름다움을 알아보며 사랑의 힘으로 서로를 지켜왔다.

마고는 본래 세상을 창조한 여성 신이지만, 남성 중심적 해석 과정을 거치며 세상을 해치는 불온한 마녀와 같은 존재로 전락했다.『마고』속 여성/퀴어들은 단지 이 마녀라는 타의적 명명을 거부하는 것이 아니라, 그 명명에 가려져 감추어졌던 본래 의미를 복원하고 나아가 이 이름에 얽힌 새로운 이야기를 만들어나간다. 여기서 이 '이야기'에는 두 가지 이야기가 겹쳐 있다. 하나는 현초의가 쓴 '마고'라는 소설, 그리고 두 번째는 우리가 읽고 있는『마고』라는 소설이다. 이 두 이야기 속 마고-마녀들은 보여준다. 한 명의 영웅이 세상을 구하는 이야기가 아니라 서로가 서로를 매일 조금씩 살려온 이야기, 자신이 끝내 살리지 못한 누군가를 잊지 않고 살아가는 사람의 이야기를.

그런데 이 두 이야기에는 조금의 차이가 있다. 현초의의 소설 속 '마고'에서 마지막 남은 한 명의 마고는 태양의 사도라 불리는 사내를 죽이고 화형에 처해진다. 그런데 『마고』의 결말은 조금 다르다. 소설의 결말부, 세 여성과 윤박 간에 얽힌 사연이 밝혀지며 가성과 운서는 윤박을 죽인 것이 미군이 아니라 세 여성이나 에리카 중 한 명이어도 이상하지 않을 것 같다고 생각하게 된다. 그런 후 운서는 혼자 에리카를 찾아가고, 가성은 정확한 사인을 확인하기 위해 시체 안치소를 찾아가는 장면이 병치된다. 이 각각의 장면에서 가성은 시체를 확인한 후 미군이 진범이라는 것을 확인하게 되고, 운서는 에리카를 추궁하지만 에리카가 범인이 아니라는 사실을 확인하게 된다. 에리카는 이렇게 말한다. 윤박은 죽어 마땅한 사람이지만 자신이 죽일 수는 없었다고. 이어 "폭력에 폭력으로 맞서는 건 전쟁을 일으킨 제국들이나 하는 짓"이며 "소설 속 그런 남성들 이야기가 이젠 싫다"(153-154쪽)고 말한 현초의 말을 인용한다. 이 말을 한 것은 현초의이지만, 태양의 사도를 죽이는 복수를 택한 현초의 소설은 폭력에 폭력으로 맞서는 이야기에서 완전히 벗어났다고 하기 어려울 것이다. 그렇지만 현초의의 말을 기억하는 에리카는 "폭력에 폭력으로 맞서"지 않는 선택을 내린다. 그 대신 우리가 읽게 되는 『마고』의 이야기는 원한이나 복수 감정에 잠식되지 않고 "낙관"의 힘으로 폭력에 맞서는 이야기, 그리고 누군가의 "낙관"이 다른 이의 "낙관"(183쪽)으로 이어지는 이야기이다.

운서는 좌익 사범이라는 꼬리표가 붙은 가성의 안전을 바라며 자신의 주민증을 가성에게 건네고 이든과 함께 미국으로 떠나게 만든다. 그렇게 둘은 이별한다. 『마고』의 에필로그에는 4년이 지난 후 귀국한 가성이 운서의 흔적을 추적하는 짧은 에피소드가 실려 있다. 가성은 선주혜를 만나지만, 선주혜는 운서가 북한 여성들의 참상을 취재하러 간 곳에서 죽었다는 소식을 직접 전하지 못하고 자신의 유서에 남긴다. 가성은 전쟁통에 폭격으로 인한 빛이 생긴 거리를 걸으며 현초의의 소설 속 구절을 중얼거린다. "빛이 사라지면, 너에게로 갈게"(186쪽)라는 문장. 현초의의 문장을 받아 든 가성은 이제 자신이 운서를 찾아갈 차례라고 말한다. 기억의 힘으로 선형적인 시간에 파열이 날 때, 봉쇄되어 있던 시간이 풀리고 이들은 서로의 시간을 "다시 살아갈"(187쪽) 수 있다. 한정현의 소설은 그렇게 흩어진 조각들이 맞춰질 때 펼쳐지는 이상한 순간이 얼마나 충만하고 아름다울 수 있는지 보여준다.

"그냥, 사랑 이야기입니다."

위의 문장은 이든 대위가 주인공인 연가성에게 관심을 보이며 주어 든 소설, 『너희들의 등 뒤에서』가 무슨 내용이냐고 묻는 장면에서 하는 대사이다. 물론 저 소설의 실제 내용은 여성 독립운동가의 복수를 다룬 내용으로 일본인이 쓴 것이며, 실제로 존재한다. 그러나 조선어를 모르는 이든에게는 연가성의 저 말, 그러니까 그냥 사랑 이야기, 로서만 아마 그 소설은 기억될 것이다.

이렇듯 언어가 비껴간 자리에서 사라지는, 혹은 오해되고 숨겨지는 이야기들이 있다. 그러나 결국 그 비껴선 이야기를 끝내 하는 것 또한 인간의 언어가 해야 할 몫, 나는 그것을 소설이 할 수 있다고 믿는 소설가이고, 그러니 저 소설이 아닌 나의 이 소설 『마고』 또한 그냥 사랑 이야기가 아닌 사랑 이야기이기도, 그리고 미군정기라는 시대에 관한 이야기이기도 하다. 소설은 모든 비껴선 언어 사이를 최대한 멋대로 뻗어 나갈 수 있으니까. 나는 그런 소설의 그런 특성을 통해 이 소설에서 저 이야기들을 모두 하고 싶었다.

이 소설을 쓰는 데 걸린 시간은 구상부터 자료 조사, 집필까지 모두 한 달이 채 걸리지 않았다. 나는 이 소설을 쓰면서 장편 『나를 마릴린 먼로라고 하자』(이하 『마릴린』)를 같이 썼는데, 솔직히 이 소설의 배경인 미군정기 공부가 너무 재밌는 바람에 『마릴린』의 집필에 지장을 받기도 했다. 하지만 결국 그 과정은 나름 좋은 결말을 냈다고 생각된다. 그 과정 속에서 나는 탐정이 등장하지만 추리 소설만은 아니고, 탐정은 없지만 추리를 하는 사람들이 등장하는 소설을 써야겠다는 결론을 냈기 때문이다. 그래서 『마릴린』은 탐정 없는 추리소설이 되었고, 『마고』는 탐정이자 검안의인 연가성이 주인공이긴 하지만 추리소설이 아니게 되었다. 이 소설에서 처음부터 범인을 공개한 이유도 바로 그것이었다. 사실로서의 범인은 처음부터 끝까지 세 명의 용의자 중 한 명이 될 것이지만, 그것이 진실은 아니라는 것을 나는 소설 전체를 통해 이야기하고 싶었기 때문이다. 이는 사실상 '역사'에 대한 나의 관점이기도 할 것이다. 나는 공적인 역사 자체를 부정하지 않으며, 더구나 역사적 상상력과 왜곡은 전혀 다른 문제라고 생각한다. 다만 하나의 역사'만' 존재한다, 고 생각하지 않는다. 아직 발굴되지 못한, 발굴되어야만 하는 '역사들'이 우리 곁에 많이 있을 것이며 그것은 어쩌면 보다 개인적이고, 또한 구체적일 확률이 높다고 본다. 공적인 역사의 기록이 사실로서의 계보를 확보한다면, 소설은 그 이면의, 너머의, 곁의 계보를 구상할 수 있으리라고도 생각한다. 아직 보이지 않는 그런 '곁'들을 나는 쓰고 싶었다.

그리하여 등장한 인물이 탐정이자 검안의인 연가성이다. 제국 일본이 만든 법체계가 그대로 받아

들여지던 미군정기, 여러 정치적 이유로 표면적으로는 일제를 청산했다고 부르짖었지만 실제 경찰 권력을 이어받은 것은 일제 때 잔인무도한 짓을 저지른 순경들이었다. 당시 경찰 권력을 믿지 못하던 사람들은 탐정이라는 존재를 만들어냈다고 한다. 나는 논문의 이 한 문장으로부터 소설을 시작했다. 물론 법체계에 의구심이 짙어지는 요즘의 현실과 아주 동떨어지지 않았기에 더욱 파고든 문장이기도 했다.

작중 세 개의 달은 이 소설 속 세 명의 용의자를 지칭하기도 하지만 조금씩 모양이 변하며 종내는 하나의 원형을 만드는 달처럼 이 세계 속 모든 소수자, 약자들의 연대하는 얼굴이기를 바라며 써넣었다. 강렬한 태양에 맞서지는 못할지언정 늘 우리 곁에, 서로의 곁에 있는 그런 모습으로 말이다. 그런가 하면 연가성과 권운서는 사실 격동기 남한과 북한을 은유하는 인물로, 양준수는 말 그대로 제국의 가스라이팅에 희생되다 그것은 그대로 답습하게 되는, 서양을 동경했지만 그 자체로 제국이 되어버린 제국 일본을, 이든은 친구라는 말로 조선을 은근히 착취했던 미군정의 모습을 상징하는 인물들로 그려보고자 했다. 내가 이 소설에서 가장 사랑하는 캐릭터인 송화는 제국과 제국의 틈바구니에서 때에 맞춰 성실히 살아가려 했던 평범한 개인들의 모습을 형상화한 인물이다. 사실, 소설을 쓰기 시작하면 나의 마음에는 각 인물의 방이 만들어진다. 이 소설에서 내가 가장 많이 머무른 방은 송화가 있는 곳이었다. 나는 자주 송화의 방에 들어가 생각했다. 송화가 가성에게 갖는 연정은 무엇일까, 송화는 그 마음을 알까. 좋아하는 사람에게는 해맑지만 시를 배우러 다니며 눈물을 쏟기도 하는 송화. 나는 송화에게 자주, 너 괜찮은 거니? 안부를 물었다. 상대를 의심하지 않고 자신의 회복력에 의구심이 없으며 처한 환경을 과장하지 않는 인물, 나는 이 캐릭터가 너무 좋았기에 송화의 마지막을 전하는 장면을 쓰면서는 거리감이 좁혀지지 않아 마음이 무척 아프기도 했다. 조만간 송화의 이야기를 다시 쓸 것이다. 에리카는 우리가 결코 없을 거라고 무심히 생각해버리는 스타일의 사람이다. 악의가 없는 사람들이 악의 없이 누군가의 존재를 지울 때 하는 말. '그런 사람들이 어딨어?' 하는 것. 나는 에리카를 통해 '그런 사람'이 아닌 '사람'이 늘 다양한 방식으로 존재했다고 말하고 싶었던 것 같다. 나는 항상 에리카의 방문 너머에서 노크를 했던 것 같다. 에리카의 깊은 내면은 내가 아직 닿지 못할 영역이라는 생각으로.

마음은 이러했는데, 그러나 이 모든 것이 잘 이루어졌는지는 모르겠다. 더불어 내 의도가 이러한들 역시나 소설은 파편처럼 튀면서 다양한 조각으로 보여야 더욱 매력적이라 생각하기도 한다. 그러니 이 책을 읽으시는 분들의 상상력과 판단력만이 각자의 정답이라고 말씀드리고 싶다.

그리고, 여기까지 이렇게 장황하게 말했으나, 나는 그냥 이번 소설이 좋다. 사실 『소녀 연예인 이보나』는 할아버지와 할머니에 대한 깊은 그리움이, 『줄리아나 도쿄』는 내 개인적인 슬픔이, 『나를 마릴린 먼로라고 하자』는 내 마음의 빚이 너무나 크게 들어간 작품들이다. 그 작품들에는 슬픔이 끓어넘치고, 나는 나를 극으로 밀어붙이며 소설로 그 슬픔을 넘어보고자 했었던 것 같다. 『마고』는 조금 다르다.

나 또한 미군정기에 대해 정확히 몰랐으나, 이 소설을 준비하며 무수한 혐오의 기원이 일제에서 만들어지고 미군정기를 거쳐 공고하게 되었다는 생각이 들기도 했다. 또한 한국전쟁을 들여다보며 여태 한국에 대해 애정이라곤 조금도 없는 줄 알았던 내가 눈물을 흘리기도 했다. 참전 군인에 대해서도 많은 생각을 하게 되었는데…… 거칠게 말하자면, 나는 그 시절을 통과한 평범한 모든 이들에게 경외심을 갖게 되었다. 어차피 죽을 때까지 무언가에 확신을 갖는 일은 나에겐 드문 일이겠지만, 특히 이번 소설을 준비하며 정서적으로도 연구적/소설적 관심사로써도 내 시야가 확장되었다는 생각이 들어 이 소설에 감사한 마음이 든다. 이런 작가의 말이 아닌, 후에 소설로 다시 이 시기를 관통해보고 싶다는 생각을 했다.

타카노 후미코는 작품을 그릴 때마다 자신을 해체하는 방식을 사용한다고 말했었다. 그런가 하면 나는, 앞서도 말했다시피 내 안에 인물의 방이 생기고 그곳을 자주 헤맨다. 타카노 후미코는 저 방식을 이야기하며, 해체된 자신이 다시 붙지 못할까봐 두렵기도 하다고 했었는데, 나는 이 작품을 쓰면서 어떤 방에서는 영원히 헤매지 않을까 염려되기도 했다. 물론 나로서는 두렵다기보다는 사실 재밌는 경험이었다.

이 소설이 나오기까지 고생해주신 『현대문학』 윤희영 팀장님과 작품해설을 써주신 김보경 평론가님, 멋진 표지 작품의 작가님인 이동기 작가님께도 감사드린다. 내 책을 읽어주시는 독자분들께 언제나 감사드린다.

마고 麻姑—미군정기 윤박 교수 살해 사건에 얽힌 세 명의 여성 용의자

지은이 한정현
펴낸이 김영정

초판 1쇄 펴낸날 2022년 6월 25일
초판 2쇄 펴낸날 2022년 7월 28일

펴낸곳 (주)**현대문학**
등록번호 제1-452호
주소 06532 서울시 서초구 신반포로 321(잠원동, 미래엔)
전화 02-2017-0280
팩스 02-516-5433
홈페이지 www.hdmh.co.kr

ⓒ 2022, 한정현

ISBN 979-11-6790-112-5 04810
      978-89-7275-889-1 (세트)

현대문학 핀 시리즈 소설선 ─ ──────